臧克家诗选新编

修订本

臧克家 ———— 著

人民文学出版社

图书在版编目(CIP)数据

臧克家诗选新编/臧克家著.–6版(修订本).—北京:人民文学出版社,2019
ISBN 978–7–02–015203–2

Ⅰ.①臧… Ⅱ.①臧… Ⅲ.①诗集—中国—当代 Ⅳ.①I227

中国版本图书馆CIP数据核字(2019)第080181号

责任编辑　王　晓
装帧设计　刘　远
责任印制　徐　冉

出版发行　人民文学出版社
社　　址　北京市朝内大街166号
邮政编码　100705
网　　址　http://www.rw-cn.com

印　　刷　中煤(北京)印务有限公司
经　　销　全国新华书店等

字　　数　190千字
开　　本　880毫米×1230毫米　1/32
印　　张　18.25　插页2
印　　数　1—3000
版　　次　1956年11月北京第1版
　　　　　2019年8月北京第6版
印　　次　2019年8月第1次印刷

书　　号　978–7–02–015203–2
定　　价　55.00元

如有印装质量问题,请与本社图书销售中心调换。电话:010-65233595

目　　录

感谢与心愿
——《臧克家诗选新编》前言 …………………………… 001

《臧克家诗选》(1956年版)序 ………………………………… 004
《臧克家诗选》(1978年版)序 ………………………………… 008

第 一 辑

默静在晚林中 ………………………………………………… 003
狂风暴雨之夜 ………………………………………………… 004
农家的夏晚 …………………………………………………… 006
不久有那么一天 ……………………………………………… 007
难民 …………………………………………………………… 009
战场夜 ………………………………………………………… 011
变 ……………………………………………………………… 012
故乡 …………………………………………………………… 013
像粒砂 ………………………………………………………… 014
老哥哥 ………………………………………………………… 015
忧患 …………………………………………………………… 017

贩鱼郎 …………………………………… 018

老马 ……………………………………… 019

炭鬼 ……………………………………… 020

失眠 ……………………………………… 022

希望 ……………………………………… 023

当炉女 …………………………………… 025

万国公墓 ………………………………… 026

烙印 ……………………………………… 028

洋车夫 …………………………………… 029

天火 ……………………………………… 030

神女 ……………………………………… 032

秋雨 ……………………………………… 034

生活 ……………………………………… 035

死水中的枯树 …………………………… 037

歇午工 …………………………………… 039

渔翁 ……………………………………… 041

小婢女 …………………………………… 043

罪恶的黑手 ……………………………… 045

逃荒 ……………………………………… 053

盘 ………………………………………… 055

问 ………………………………………… 056

壮士心 …………………………………… 058

自白 ……………………………………… 059

元宵 ……………………………………… 061

答客问 …………………………………… 062

无窗室 …………………………………… 065

村夜	066
民谣	067
生命的叫喊	068
都市的春天	069
场园上的夏晚	070
月	072
秋	073
拾花女	074
卖孩子	075
冰花	076
夜	077
运河	078
我们是青年	083
古城的春天	085
吊八百死者	086
螺旋	087
拉锯	088
水灾	089
中原的胳膊	091
自己的写照	096
依旧是春天 ——感时	144
喇叭的喉咙 ——吊鲁迅先生	145
谁在叫你	147
刑场	148

年关雪 …………………………………………………… 149
生命的抓手 ………………………………………………… 150

第 二 辑

我们要抗战 ………………………………………………… 157
从军行
　　——送珙弟入游击队 ……………………………… 163
别长安 ……………………………………………………… 165
换上了戎装 ………………………………………………… 168
伟大的交响 ………………………………………………… 170
鞭梢上的人们 ……………………………………………… 175
血的春天 …………………………………………………… 176
别潢川
　　——赠青年战友们 ………………………………… 180
武汉,我重见到你 ………………………………………… 183
兵车向前方开 ……………………………………………… 187
匕首颂
　　——赠鲁夫 ………………………………………… 188
大别山 ……………………………………………………… 190
呜咽的云烟 ………………………………………………… 195
铁的行列 …………………………………………………… 197
冰天跃马 …………………………………………………… 199
国旗飘在鸦雀尖 …………………………………………… 202
柳荫下 ……………………………………………………… 206
无名的小星 ………………………………………………… 208

老媪与士兵 ………………………………………………… 210

第一朵悲惨的花

　　——吊屈原 ………………………………………… 216

《泥土的歌》序句 …………………………………………… 222

春鸟 …………………………………………………………… 223

走 ……………………………………………………………… 226

地狱和天堂 …………………………………………………… 228

手的巨人 ……………………………………………………… 229

海 ……………………………………………………………… 231

反抗的手 ……………………………………………………… 233

钢铁的灵魂 …………………………………………………… 234

穷 ……………………………………………………………… 235

三代 …………………………………………………………… 236

笑的昙花 ……………………………………………………… 237

鞭子 …………………………………………………………… 238

送军麦 ………………………………………………………… 239

他回来了 ……………………………………………………… 240

沉默 …………………………………………………………… 242

诗叶 …………………………………………………………… 243

静 ……………………………………………………………… 244

死水 …………………………………………………………… 245

坟 ……………………………………………………………… 246

社戏 …………………………………………………………… 247

崎岖的道路 …………………………………………………… 249

跋涉劳吟（九首） …………………………………………… 252

窗子 …………………………………………………………… 257

热情
  ——生活小辑之五 ········· 260
笑
  ——生活小辑之六 ········· 261
快乐
  ——生活小辑之七 ········· 262
泪
  ——生活小辑之八 ········· 263
梦
  ——生活小辑之九 ········· 264
舍利子 ········· 265
死
  ——生活小辑之十三 ········· 267
月 ········· 268
《感情的野马》序诗 ········· 270
才一年
  ——抵渝周年纪念 ········· 271
霹雳颂 ········· 278
失眠 ········· 282
一个黄昏 ········· 283
马耳山 ········· 285
两盏小灯笼 ········· 292
裁员 ········· 295
变 ········· 298
生命的秋天 ········· 299

擂鼓的诗人
——呈一多先生 ······ 305

破草棚 ······ 308

为什么? ······ 311

爱的熏香 ······ 312

六机匠 ······ 316

侧起耳朵,瞪着眼睛 ······ 330

宝贝儿 ······ 333

星点(九首) ······ 335

捉 ······ 339

第 三 辑

消息 ······ 343

毛泽东,你是一颗大星 ······ 344

胜利风(十首) ······ 348

人民是什么 ······ 352

枪筒子还在发烧 ······ 354

"重庆人" ······ 355

给一个农家的孩子 ······ 356

邻居
——给墙上燕 ······ 359

飞 ······ 361

"警员"向老百姓说 ······ 363

叮咛 ······ 367

歌乐山 ······ 372

星星	375
竖立了起来	376
发热的只有枪筒子	379
你们	381
谢谢了,"国大代表"们!	385
生命的零度	390
自焚	394
不得了	396
"大赦"	398
表现	
——有感于台湾事变	399
被遗弃的角落	400
渴望	402
肉搏	403
一片绿色的玻璃	404
照亮	
——闻一多先生周年忌	407
过夜	
——给无名死者	408
冬天	410
征服	
——祝慧修师五十寿	415
人,是向上的	418
自由·快乐	
——达德学院归来	421

信
　——从香港寄上海 …………………………………… 423

第 四 辑

有的人
　——纪念鲁迅有感 ………………………………… 427
我们终于得到了它
　——《中华人民共和国宪法草案》公布了 ……… 429
我爱新北京 ………………………………………………… 431
海滨杂诗(组诗) …………………………………………… 433
　　海 ……………………………………………………… 433
　　会合 …………………………………………………… 433
　　归来 …………………………………………………… 434
　　送宝 …………………………………………………… 434
　　大海的使者 …………………………………………… 434
　　亲近 …………………………………………………… 435
　　青岛的颜色 …………………………………………… 435
　　旧游地 ………………………………………………… 435
　　海军 …………………………………………………… 436
　　儿子和大海 …………………………………………… 437
　　一瞥 …………………………………………………… 437
　　她和他 ………………………………………………… 437
　　引诱 …………………………………………………… 438
　　脱下了 ………………………………………………… 438
　　湛山 …………………………………………………… 439

海水浴罢 …………………………………………………… 439
　　　"再见,大海" ………………………………………………… 439
八达岭(组诗) …………………………………………………… 440
　　　登上顶峰 …………………………………………………… 440
　　　扯不断的线 ………………………………………………… 440
　　　在归途上 …………………………………………………… 440
　　　灯下 ………………………………………………………… 441
照片上的婴孩 …………………………………………………… 442
情感的彩绳
　　　——悼念王统照先生 ……………………………………… 444
巧云 ……………………………………………………………… 447
你看你这个小姑娘 ……………………………………………… 448
亲人回到了我们眼前(四首)
　　　——欢迎志愿军回国 ……………………………………… 449
凯旋(组诗) ……………………………………………………… 452
　　　联系 ………………………………………………………… 452
　　　朋友 ………………………………………………………… 453
　　　探听 ………………………………………………………… 453
　　　护士 ………………………………………………………… 453
　　　黄鹂 ………………………………………………………… 453
　　　傍晚 ………………………………………………………… 454
　　　她和她的病人 ……………………………………………… 454
　　　送友人出院 ………………………………………………… 454
　　　早晨 ………………………………………………………… 455
　　　羡 …………………………………………………………… 455
　　　国庆十周年之夜 …………………………………………… 455

送大夫去西山植树 …………………………… 456

　　关心 …………………………………………… 456

　　忆 ……………………………………………… 456

　　探望 …………………………………………… 457

　　凯旋 …………………………………………… 457

望中原

　　——读碧野来信 ……………………………… 459

毛主席戴上了红领巾 ……………………………… 462

翠微山歌(十三首) ………………………………… 464

"十一"抒情(四首) ………………………………… 469

《凯旋》序句 ………………………………………… 472

寄徐迟 ……………………………………………… 473

毛主席画像 ………………………………………… 474

海防线上(组诗) …………………………………… 475

　　雨中登战舰 …………………………………… 475

　　访炮垒 ………………………………………… 476

战斗的最强音

　　——为纪念伟大歌手鲍狄埃、狄盖特作 …… 480

回忆

　　——"八一"纪感 ……………………………… 483

全家学雷锋 ………………………………………… 485

第 五 辑

四亿年前"海百合" ………………………………… 489

泪
　　——悼念敬爱的周总理 … 490
瞻仰遗容 … 492
哭郭老 … 493
我的祝愿
　　——和"时光老人"的对话 … 497
临清,你这运河岸上的古城
　　——为《鲁西北革命回忆录》作 … 500
赠摄影师同志 … 503
参拜鉴真大师 … 504
青年 … 506
您像 … 507
春到庭院 … 508
书到眼前
　　——痛悼茅盾先生 … 510
少年,伟大的党的后备军
　　——献给党诞生六十周年 … 512
胼胝的手掌
　　——赠郎平同志 … 515
召唤 … 517
累累的果实 … 518
蝴蝶 … 520
寻寻觅觅(组诗) … 522
　　"一多楼" … 522
　　老舍先生的"金口二路" … 523
　　王统照先生的"观海二路" … 523

伯箫的"山屋"……………………………………… 524

莱芜一路"无窗室"………………………………… 525

海滨觅小诗(组诗)……………………………………… 526

猜 ………………………………………………… 526

夏的踪影 ………………………………………… 526

动 ………………………………………………… 527

小英雄 …………………………………………… 528

您是

——欢呼党的"十二大"………………………… 529

撤火 ……………………………………………………… 531

过路的客人 ……………………………………………… 533

蜜蜂 ……………………………………………………… 534

蜻蜓 ……………………………………………………… 536

长城(二首)……………………………………………… 538

深情动人心 ……………………………………………… 540

春寻 ……………………………………………………… 543

生命试卷的鉴定

——向老山抗越前线战士们致敬！…………… 544

诗神问答 ………………………………………………… 547

诗碑 ……………………………………………………… 548

风筝的天空 ……………………………………………… 550

贺艾青同志八十寿辰 …………………………………… 553

另是一重天 ……………………………………………… 554

我 ………………………………………………………… 557

感 谢 与 心 愿
——《臧克家诗选新编》前言

当我们拿起笔,为《臧克家诗选新编》撰写这篇前言的时候,于2004年2月5日辞世的亲爱的父亲臧克家,已经离开我们将近八年之久了。捧读着人民文学出版社从1954年开始出版的《臧克家诗选》的五个版本,我们思绪起伏,感慨万端。

我们要衷心地感谢人民文学出版社。因为,早在1954年,人民文学出版社就用该社当时的副牌"作家出版社"的名义,编选出版了《臧克家诗选》。1956年11月,《臧克家诗选》第一次以"人民文学出版社"的名义呈献给广大读者。在此基础上,又陆续有了1978年、1986年和1994年的三个版本,而且都经过数度重印。2005年,1994年版的《臧克家诗选》,被收入中国出版集团公司组织的《中国文库》大型丛书,再度由人民文学出版社出版。半个多世纪的时光,岁月荏苒,人事变迁。人民文学出版社几代出版人,怀抱着不渝的责任感和不灭的热情,为《臧克家诗选》的出版问世和日臻完美所做的努力与贡献,感人至深。这项工作,对于了解诗人臧克家新诗创作的特色与风貌、成就与贡献;对于研究和探寻中国现、当代新诗的状况与发展,都起到了积极的推动作用。这本诗集,曾经影响了几代人。作为臧克家的子女,我们的感动和感谢之情,深铭于心。

出生于1905年的父亲,是一位世纪老人。从1929年开始发表新诗起,他就将几乎一生的情感和精力投入其中。他以自己毕生的努力和奋斗,以自己激情的诗篇,见证了中国近百年来的时代变迁和社会进步,见证了我们民族从灾难深重、任人宰割的旧时代,走向光明解放、民族复兴新世纪的过程。他从青少年时代起,就投身到这场伴随着流血牺牲的伟大社会变革中,而诗歌,是他始终不离的重要武器之一,也是他表达人生理想、情感和诉求的有力工具。父亲与时代同步,与人民同心。他深深地挚爱祖国和人民,尤其是生活在社会最底层的广大贫苦农民。这份真情,终生不渝。从处女诗集《烙印》和《罪恶的黑手》开始,他就以鲜明的现实主义手法,从多个侧面深刻揭示出中国广大农村的悲惨景象和农民们凄苦无告的生活,被誉为当时写作"有血有肉的以农村生活为题材的诗"的杰出代表。正是以这种情感为基调,他的笔下,有不平与愤懑,怒吼与鞭挞;也有深爱与赞美,颂扬与讴歌。读着他的诗,也就读懂了这位农民诗人和人民诗人的整个人生。

同时,长达七十余载的新诗写作和诗歌影响力,使父亲的创作与中国新诗的发展息息相关。从他带着描写旧时代农民生活状况的现实主义诗篇,带着一股清新的严谨、质朴、含蓄、凝练的诗风,走入当时风气低迷、远离生活和社会现实的诗坛开始,数十年如一日,父亲为中国现、当代诗歌的丰富和发展,尽心尽力地做出了杰出的贡献。

现在,为了使这本集父亲优秀新诗代表作于一体的《臧克家诗选》更臻全面完美,我们——本书作者的子女们,怀着虔诚的热爱之心,着手编辑了这本《臧克家诗选新编》。根据父亲生前对自己诗作的评价,根据这些诗发表时的社会反响和影响力,根据国内外各界的评论和意见,根据与父亲共同生活六十余载的母亲郑曼和我们对于作者和作品深切的了解,尤其是以思想性和艺术性完美统一为标准,我们怀着对历史、作者和广大读者负责的慎重、认真的态度,在截稿于1984年末的《臧克家诗选》第五个版本的基础上,做了增删修订,增补了父亲1984年以后至逝世前的创作和以前遗漏或后来发现的优秀诗篇,基本上按照发表初始的原貌编排。将父亲这份珍贵的新诗遗产,更加全面圆满、尽量不留遗憾地留给历史和后人,使它真正成为父亲九十九岁人生新诗代表作的完美结集,这就是我们的初衷和最大的心愿。

我们以这本《臧克家诗选新编》和永远的爱,告慰和纪念天堂中的双亲!

我们用这个新编版本和不尽的感谢,回报祖国、人民和一代代亲爱的读者们!

再次感谢人民文学出版社和为此书付出辛劳的人们。

臧乐源、臧乐安、臧小平(执笔)、郑苏伊
写于2011年10月父亲诞辰106周年之际

《臧克家诗选》(1956年版) 序

臧 克 家

  这是我的《诗选》的一个增订本,比起1954年出版的第一个版本来,它的内容是扩大了。
  这本《诗选》里的作品,是从十几本诗集里挑选出来的,除了《自己的写照》和《六机匠》以外,全是短诗。这些作品最早的写在1932年,最后截止在1955年底。我把它分做四辑。第一辑是抗战以前的作品。第二辑是抗战期间的作品。第三辑是抗战胜利后到全国解放前的作品。第四辑是解放以后的作品。这样划分,脉络比较清楚,自己在创作道路上是怎样向前走的,也容易看得出来。
  我的第一本诗《烙印》出版在1933年,接着《罪恶的黑手》、《自己的写照》等也出版了。那时候,"现代派"的颓废诗风吹得疲弱了,由于我的作品,取材比较现实,对生活态度比较严肃,在表现形式方面也比较朴素,在一般读者中间发生了一些影响。
  在创作初期所写的那些作品里,主题和题材大略可以包括到四个方面里去:"九一八"事变后,爱国主义情感的抒发,这里边包括了对国民党反动政权的痛恨和团结抗战的号召。《中原的胳膊》、《依旧是春天》、《民谣》、《忧患》等诗篇就是这种思想情感的表现。

我也写了多少带点革命浪漫主义气味的《天火》、《不久有那么一天》，表示了对革命的向往。

以工人劳动生活为主题，我创作了《歇午工》和《罪恶的黑手》，后者表现了工人伟大的创造力量，揭穿了帝国主义借宗教麻醉中国人民的阴谋。

《自己的写照》是我的第一篇长诗，它反映了1927年大革命及其前后的一些情况。从中可以窥见第一次国内革命战争时代、它以前和它以后各个时代精神的一点影子。

在初期的作品里，给人印象较深的是农民的形象和乡村的景色，这是我的诗的一个特点。我从小生长在乡村、生长在农民群众中间，我酷爱乡村，我热爱农民。在《村夜》、《答客问》中，多少表现了1934年前后北方农村的贫困和动乱；从《难民》、《老哥哥》等诗篇里可以看出农民的生活和遭遇。我深深地同情他们，为他们的不幸而悲愤，我情愿和他们共有一个命运。对于"黑暗角落里的零零星星"——《洋车夫》、《当炉女》，《神女》……也是如此。

当然，从当时革命斗争的整个局势着眼，这些诗的战斗性和思想性都是不足的，从这里可以看出思想和生活对于一个写诗的人的限制。

我很喜爱中国的古典诗歌（包括旧诗和民歌），它们以极经济的字句，表现出很多的东西，朴素、铿锵，使人百读不厌。我在初学写诗的时候，就有意地学习这种表现手法。我力求谨严，苦心地推敲、追求，希望把每一个字安放在最恰切的地方，螺丝钉似的把它扭得紧紧的。在形式方面，受了闻一多先生《死水》的一些影响,人民的口语在我的习作中也起了作用。

抗战爆发以后,我怀着欢腾兴奋的心情参加了这神圣的民族解放战争。在战地上奔跑了几年,以澎湃的热情写下了许多歌颂抗战的诗篇。就生活的面来说,是比抗战以前宽广了,可是由于自身存在着小资产阶级的思想情感,加以环境的限制,对于伟大现实生活的深入、认识,都是不足的,在这样情况下写出来的作品,和斗争的现实比较起来,就显得很微弱。中国人民的雄伟力量和对敌斗争的英勇气概,以及他们的痛苦和希望,从我的诗里没得到充分有力的表现。

在抗战期间,我也写了不少以农民生活为题材的诗,但鼓舞他们去从事斗争的较少,描写他们悲惨命运的较多,实际上,和战前写农民的诗比较起来,没有前进多少。

抗战时期的作品,在表现方面,比较放开了一些,同时也粗糙了一些,多数作品不及抗战前作品的精炼、谨严。

从抗战末期起,我开始写讽刺诗,把国民党反动统治的丑态和罪恶暴露在广大人民的眼前。抗战胜利后,国民党反动政权,压迫人民、发动内战,实行法西斯的统治。针对当时的情况,通过一些政治上的大事件,我及时地发表了一些讽刺诗。当国民党刚刚在开伪"国民代表大会"时,我发表了《谢谢了,"国大代表"们!》;当"警员"到处逮捕人的时候,我发表了《"警员"向老百姓说》。这些讽刺诗,有着比较强烈的政治性,在当时发挥了它的一定的武器作用,给予国民党反动派以打击。

除了政治讽刺诗,这个时期也写了一些表现广大人民在国民党反动统治之下悲惨生活的诗篇。

解放以后,由于没有深入现实生活,写的诗不太多,但也写了一些,第四辑里的作品便是从中选取的。

回顾过去,是为了发展未来,崭新、壮丽的现实,在呼唤自己时代的歌手,今后,我要努力地为祖国社会主义建设事业而歌唱。

1956 年 4 月 11 日于北京

《臧克家诗选》(1978年版) 序

臧 克 家

从 1933、1934 年诗集《烙印》、《罪恶的黑手》相继问世到现在,四十几年已经过去了。如果从开始学着涂鸦算起,还得推上去十个年头。这中间,我亲身经历了新旧军阀野蛮黑暗的重压与频繁惨酷的内战;轰轰烈烈的武汉大革命及其失败;蒋介石长期的反动统治;光耀史册、气壮河岳的抗日战争;终于在毛主席、共产党领导之下,艰苦奋斗、流血牺牲,推倒了压在人民头上的三座大山,建立了中华人民共和国,进入了伟大的社会主义时代。

这几十年的岁月,真是雷轰电击,石破天惊!朝霞万道,不足以喻共产党的光辉;大海翻腾,不足以喻斗争的浪潮;血流成河,不足以喻牺牲的壮烈;万紫千红、赏心夺目,不足以喻社会主义革命和社会主义建设的宏伟灿烂图景。

今天,当我执笔为这本《诗选》写序言的时候,真是心潮起落、感慨万端!我以七十三岁的年龄,可以作这些峥嵘岁月的见证人。一幕又一幕的时代风云从我心的荧光屏上卷过。我,心情激动;也觉得惭愧!作为一个诗歌创作者,呕心沥血,长年苦吟,诗集出版了一大堆,试问,从中能窥见一点大时代雄伟壮烈的影子吗?从中能听到一点呼号振奋的声音吗?

我只能如此回答:有一点点的影子,但那影子不够明朗;如果说有一点点声音,但那声音未免微弱。

不是亲身参加革命长征的行列,无法绘出《长征画集》那样动人的画史。

不是作为一个为共产主义理想而冲锋陷阵、振臂高呼的战士,是难以在作品中留下震响诗页、鼓舞人心的宏声的。

这是革命斗争与创作实践关系的铁的规律。这是不能抗违的,不允许作假的。

我出生在胶东半岛的一个县份里。这里,土地大量集中,封建势力浓重。富贵之家,优游卒岁,阡陌连云,仓库如山;穷苦农民,勤劳终年,冬不见棉,糠菜度日。我从小生活在这样的环境里,和乡村的穷孩子风里雨里、泥里水里地混在一起。农民生活的种种惨状,摧伤了我幼小的心灵,使我对童年的伴侣,对这些朴实勤劳、聪明能干的农民,大抱不平,深表同情。

这段生活经历,感受极深刻,终生不能忘记,成为我后来写作的基础。当我用痛苦的诗篇去描绘、反映这些命运悲惨的农民的时候,确乎是含着同情的热泪,蘸着浓厚的感情的;也表露了对封建社会、新旧军阀统治的愤懑控诉之情。但是,我过多地写了他们受压迫、受剥削的悲惨一方面,并没有指出一条明路,鼓舞他们挺身而起,参加战斗,去争取解放,虽然有些诗篇也有一条暗示性的"光明尾巴"。"星星之火",在当时我的心中是闪亮的,但绝没想到它会"燎原"。思想性不强,这就减却了作品的时代意义。

我从青少年时代,就接触了古典诗歌,对民歌也很喜爱。入了大学,读中文系,跟闻一多先生学诗,对古典诗歌的兴趣也就越来越浓厚了。虽然我写的是新诗,在艺术表现手法上,我向古典诗歌和一多先生的《死水》学习(显然,一多先生的作品受到古典诗歌不少的影响),刻苦努力地学习那种精炼、含蓄、真实、朴素的表现风格。

1937年卢沟桥一声炮响,给受压迫、受侵略、忍辱含垢的中华民族,轰出了一个崭新的生面。它像一阵狂飚,把郁闷窒息的空气一扫而空。我揩干了悲愤的山河泪,热情奔腾地参加到抗战的行列中去。诗句,像地下水找到了一个喷口。我引吭高歌:"诗人们呵!请放开你们的喉咙,除了高唱战歌,你们的诗句将哑然无声!"

眼界放宽了,生活圈子扩大了,由于客观、主观条件的限制,对轰轰烈烈的斗争生活并没有真正深厚的体验。写得倒不少,可留下来的并不甚多。从形式方面看,比较宽畅了一点,但多少也失去了过去的谨严。

1942年秋,到了国民党反动统治的中心——雾重庆。白色恐怖如同白色的浓雾,令人透不过气。民不聊生,万众切齿。作为一个职业作家,过着"年年难过年年过,处处无家处处家"的艰苦生活。在这期间,读到毛主席的一些著作,1945年9月间,第一次见到毛主席,心潮澎湃,心扉大开。光明与黑暗对比是如此鲜明。怀着对国民党反动派的愤怒情绪,在抗战胜利前后,写下了为数不少的讽刺诗篇,出版了《宝贝儿》、《生命的零度》等诗集。

1949年春,我奔到了刚刚解放的北京(那时还叫北平)。从地域上讲,从一个旧的世界踏进了一个新的世界;从时间上讲,从一个旧的时代跨入了一个新的时代。一切都光华耀眼,新鲜动人。兴奋激动,有如从黑暗地狱中走出来,置身在光天化日之下一样。10月,为了纪念鲁迅先生逝世有感,写了《有的人》这首颇受人喜爱的诗。

由于将近三十年的时间,浮在上面,没有深入火热的斗争生活,到创作的唯一源泉中去改造思想,体验生活,虽然经历了多次革命运动,受到教育、锻炼,有所前进;但面对蒸蒸日上、一日千里的革命和建设的伟大形势,总感觉步子蹒跚。这些年来,也写了不少的诗,触于目,动于心,很想对瑰伟的现实有所表现,用笔头参加斗争,但它并没有起到应该起到的作用。

青岛是我旧游之地,解放前,德、日、美帝国主义把它作为俎上肉,你争我夺,用军舰的铁索,锁住了它的咽喉,接踵而来的是国民党的反动统治。我在这个美丽受污的小岛上生活了达五年之久,在悲愤窒息中,写下了《烙印》、《罪恶的黑手》里边那样一些令人读了痛苦而又愤懑的诗篇。解放后,1956年我重游故地,满怀自豪的情感,写了《海滨杂诗》,表现了我同大海一样自由舒畅的呼吸。

1959年,因重病住院,时间相当长,对于医生和病人、病人与病人之间,亲切照顾、相互关怀的新型关系,有了较为深切的体会,写了《凯旋》这组表现这种题材的诗。

过去,有一种流传的说法,写诗是青年人的事。人一过中年,就成为散文型的人了,便应该"收拾铅华归少作",因为性灵丧失,"江淹才尽"了。这当然是十分荒谬的。

这本《诗选》,是我过去作品的结集,但它不是我写作的结束。活到老,学到老,写到老。精神常青,诗句也常青。战斗生活不尽,"才"永远是不会尽的。我想用自己几年前的两个旧

句,来给这个选集的序言作结:
"年景虽云暮,霞光犹灿然。"

1978年4月11日于北京

第 一 辑

默静在晚林中

萧瑟疏林遥织着霞的鳞锦，
枯草深埋着飘零的黄叶，
微风吹散了尘寰梦痕，
波荡的海涛应和着清韵的心琴！

深深合上了智慧的眼睛，
细味着清冷仙岛的胜景，
众美之神歌舞着幽美的情调，
云影山光为我图绘着艺术之宫！

沉浊的迷梦在这时清醒，
污秽的灵魂化成了冰清，
陶醉在自然美妙的怀抱中，
我默默地赞颂着人生至境！

1929 年 11 月 16 日于青岛大学

狂风暴雨之夜

夜幕深垂着森严的恐怖,
恶魔放浪着得意的歌舞,
宇宙溺入了凄惨的黑海,
再找不出一丝暖意!

弱者的白骨搭起了罪恶的高峰,
血雨淋漓浸润着痛创的悲情,
人生葬埋在墟墓的骷髅中,
隐隐低咽的鬼声透露着枯杨的悲鸣!

怒吼的狂风摇震着哀号的林木,
暴雨激荡着海涛翻腾,
黑暗放射了临死的返照,
长夜漫漫终会有明!

狂风,吹吧!
吹倒荒凉人生的支柱。
暴雨,打吧!
打破墟墓的幽灵之门。

东方露出了丝丝光明,
那是人类新生的象征,
朋友们,努力吧,
暖和的太阳会普照我们的生之前程。

1929 年 12 月

农家的夏晚

天空像面井口,
开在院子当头,
破蓑衣上坐着大人们,
口中的烟缕舒出心底的劳困。
破蒲扇摇不出风凉,
星像火箭射在人心上,
小孩子仰脸看天空,
一只瘦猫半合着眼睛,
长毛狗躺在一边,
伸长了舌头呼呼地喘,
半空的树顶摆来摆去,
但风却不来扫去他们身上的汗珠,
蚊子嫌这小院子忒寂寥,
在门口的草檐上哼哼地叫。

1931 年 8 月 7 日

不久有那么一天

不要管现在是怎样,等着看,
不久有那么一天,
宇宙扪一下脸,来一个奇怪的变!
天空耀着一片白光,
黑暗吓得没处躲藏,
人,长上了翅膀,带着梦飞,
赛过白鸽翻着清风,
到处响着浑圆的和平。
丑恶失了形,美丽慌张着
找不到自己的影。
偶然记起前日的人生,
像一个超度了的灵魂,
追忆几度轮回以前的秽形。
不过,现在你只管笑我愚,
就像笑这样一个疯子,
他说:"太阳是从西天出,
黄河的水是清的。"
这话于今叫我拿什么证实?
阴天的地上原找不到影子,

但请你注意一件事：
暗夜的长翼底下，
伏着一个光亮的晨曦。

1931年冬

难　民

日头坠到鸟巢里，
黄昏还没溶尽归鸦的翅膀，
陌生的道路，无归宿的薄暮，
把这群人度到这座古镇上。
沉重的影子，扎根在大街两旁，
一簇一簇，像秋郊的禾堆一样，
静静地，孤寂地，支撑着一个大的凄凉。
满染征尘的古怪的服装，
告诉了他们的来历，
一张一张兜着阴影的脸皮，
说尽了他们的情况。
螺丝的炊烟牵动着一串亲热的眼光，
在这群人心上抽出了一个不忍的想象：
"这时，黄昏正徘徊在古树梢头，
从无烟火的屋顶慢慢地涨大到无边，
接着，阴森的凄凉吞了可怜的故乡。"
铁力的疲倦，连人和想象一齐推入了朦胧，
但是，更猛烈的饥饿立刻又把他们牵回了异乡。
像一个天神从梦里落到这群人身旁，

一只灰色的影子,手里亮出一支长枪,
一个小声,在他们耳中开出个天大的响:
"年头不对,不敢留生人在镇上。"
"唉!人到哪里灾荒到哪里!"
一阵叹息,黄昏更加了苍茫。
一步一步,这群人走下了大街,
走开了这异乡,
小孩子的哭声乱了大人的心肠,
铁门的响声截断了最后一人的脚步,
这时,黑夜爬过了古镇的围墙。

1932年元旦于古琅玡

战 场 夜

天空擦亮了冷眼,
静瞧着战神睡眠,
没有名的僵尸,
躺在他怀里,像婴儿,
他们或许闹得太累,
眼皮压上沉重的瞌睡,
白露描在眉尖,
眼缝里有个未了的心愿。
这群婴儿管许不寂寞,
鸥鸦给他们唱歌,
恶犬在身旁叫哭,
鬼火照着幽灵跳舞,
青蛇到处严密地巡逻,
不让一丝生气偷进这黑漆的死窝!
天空丢下了一颗星,
像滴泪,射出明,
就使这点明永远不殒,
也点不亮婴儿们的心。

1932 年 2 月

变

当我的生命嫩得像花苞，
每样东西都朝着我发笑，
（现在不忍一件一件从头数了。）
那时活着，像流水穿过花间，
拉长了一条希望的白链，
那时只顾赶着好玩，
一颗小心飞在半天，
谁记清枉抛了欢情多少？
还有不值钱的笑。
这确乎不是才滚下了梦缘，
前日的东西怎么全变了脸？
回头看自己年华的光辉，
颜色退到了可怜的惨白，
低头我在黑影中哭着找——
半截的心弦上挂满了心跳，
然而我还有勇气往下看，
我拭干眼泪瞅着你们变。

1932 年 2 月

故　乡

　　我怕想起：
你还朦胧在雾縠里，
我偷离开你的身旁，
走远了，再回头，
树梢高挑一缕阳光。

　　我爱想起：
我来了，红霞在西天驶，
你有意叫晚烟笼着你，
我揭开我的心，
预备接你的欢喜。

　　我恨想起：
在有月亮的夜里，
眼皮下转着无绪的幽思，
不知几时沁出一点泪，
这时候我最想你。

1932 年 3 月于青岛

像 粒 砂

像粒砂,风挟你飞扬,
你自己也不知道要去的地方,
不要记住你还有力量,
更不要提起你心里的那个方向。

从太阳冒红,你就跟了风,
直到黄昏抛下黑影,
这时,天上不缀一颗星,
你可以抱紧草根静一静。

1932 年 3 月

老 哥 哥

"老哥哥,翻些破衣裳干吗?
快把它堆到炕角里去好了。"
"小孩子,不要闹,时候已经不早了!"
(你不见日头快给西山接去了?)
"老哥哥,昨天晚上你不是应许
今天说个更好的故事吗?"
"小孩子,这时你还叫我说什么呢?"
(这时你叫他从哪儿说起?)
"老哥哥,你这霎对我好,
大了我赚钱养你的老。"
"小孩子,你爸爸小时也曾这样说了。"
(现在赶他走不算错,小时的话哪能当真呢。)
"老哥哥,没听说你有亲人,
你也有一个家吗?"
"小孩子,你这儿不是我的家呀!"
(你问他的家有什么意思?)
"老哥哥,你才到俺家时,我爸爸
不是和我这时一样高?"
"小孩子,你问些这个干什么?"

（过去的还提它干什么？）
"老哥哥,你为什么不和以前一样
好好哄我玩了？"
"小孩子,是谁不和以前一样了？"
（这,你该去问问你的爸爸。）
"老哥哥,傍落日头了,牛饿得叫,
你快去喂它把草。"
"小孩子,你放心,牛不会饿死的呀！"
（能喂牛的人不多得很吗？）
"老哥哥,快不收拾吧,你瞧屋里全黑了,
快些去把大门关好。"
"小孩子,不要催,我就收拾好了。"
（他走了,你再叫别人把大门关好。）
"老哥哥呀,你……你怎么背着东西走了？
我去和我爸爸说。"
"小孩子,不要跑,你爸爸最先知道。"
（叫他走了吧,他已经老得没用了！）

1932 年 3 月

忧　患

应当感谢我们的仇敌。
他可怜你的灵魂快锈成了泥，
用炮火叫醒你，
冲锋号鼓舞你，
把刺刀穿进你的胸，
叫你红血绞着心痛，你死了，
心里含着一个清醒。

应当感谢我们的仇敌。
他看见你的生活太不像样子，
一只手用上力，
推你到忧患里，
好让你自己去求生，
你会心和心紧靠拢，组成力，
促生命再度的向荣。

"九·一八"事变第二年3月

贩 鱼 郎

鱼在残阳中闪金光,
大家的眼亮在鱼身上,
秤杆在他手底一上一下,
他的脸是一句苦话。

人们提着鱼散了阵,
把他剩给了黄昏,
两只空筐朝他看,
像一双失望的眼。

"天大的情面借来的本钱,
末了赚回了不够一半,
早起晚眠那不敢抱怨,
本想在苦碗底捞顿饱饭。"

暗中潮起一阵腥气,
银元讥笑在他的手里,
双手拾起了空筐,当他想到:
家里挨着饿的希望。

1932 年 4 月于青岛

老 马

总得叫大车装个够,
它横竖不说一句话,
背上的压力往肉里扣,
它把头沉重地垂下!

这刻不知道下刻的命,
它有泪只往心里咽,
眼里飘来一道鞭影,
它抬起头望望前面。

1932 年 4 月

炭　鬼

鬼都望着害怕的黑井筒，
真奇怪，偏偏有人活在里边，
未进去之先，还是亲手用指印
在生死文书上写着情愿。

没有日头和月亮，
昼夜连成了一条线，
活着专为了和炭块对命，
是几时结下了不解的仇怨？

他们的脸是暗夜的天空，
汗珠给它流上条银河，
放射光亮的一双眼睛，
像两个月亮在天空闪烁。

你不要愁这样的日子没法消磨，
他们的生命随时可以打住：
魔鬼在壁峰上点起天火，
地下的神水突然涌出。

他们不曾把死放在心上，
常拿伙伴的惨死说着玩，
他们把死后的抚恤
和妻子的生活连在一起看。

他们也有个快活的时候，
当白干直向喉咙里灌，
一直醉成一朵泥块，
黑花便在梦里开满。

别看现在他们比猪还蠢，
有那一天，心上迸出个突然的勇敢，
捣碎这黑暗的囚牢，
头顶落下一个光天。

1932年5月

失　　眠

听不到罪恶的喧嚷，
也捉不到一点光，
血淋淋的我那颗心，
在黑影的浓处发亮。

模糊的一片悲哀——
无声的雨点打来，
一圈一圈黯淡的花朵，
向无边的远方开。

1932 年 6 月

希 望

自从宇宙带来了缺陷,
人类为了一种想念发狂,
精神上化出了一个影像,
那就是你——美丽的希望。
在沙漠上,疲倦困住了旅客的心,
他们的脚下坠着沉重,
一步一步趋近黄昏,
拖不动自己高大的影。
这时你是一泉清水,
远远地放出一点清响,
这声响才触到焦灼的心上,
他们即刻周身注满了力量!
在暗夜里,你是一星萤火,
拖着点诱惑的光,
在无边的黑影中隐现,
你到底是真实还是虚幻?
原来没有一定的形象,
从人心上你偷了个模样。
现实在你后面,像参星向辰星赶,

当中永远隔一个黑夜，
在晨光中，参瞅白了眼，
望不见辰在天的那边。
你把人类脸前安上个明天，
他们现在苦死了也不抱怨，
你老是发着美丽的大言，
从来不知道什么叫红脸。
人类追着你的背影乞怜，
你从不给他们一次圆满，
他们掩住口老不说厌倦，
你挟着他们的心永远向前。
你也可以骄傲地自夸：
"我的遗迹造成了现世的荣华。"
你再加一句自谦："这算了什么，
前面的一切更叫你惊讶！"
我们情愿痴心听从你，
脸前的丑恶不拿它当回事，
你是一条走不完的天桥，
从昨天度到今天，从今天再度到明朝。

1932 年

当　炉　女

去年，什么都是他一手担当，
喉咙里，痰呼呼地响，
应和着手里的风箱，
她坐在门槛上守着安详，
小儿在怀里，大儿在腿上，
她眼睛里笑出了感谢的灵光。

今年，是她亲手拉风箱，
白绒绳拖在散乱的发上，
大儿捧住水瓢蹀躞着分忙，
小儿在地上打转，哭得发了狂，
她眼盯住他，手却不停放，
果敢咬住牙根："什么都由我承当！"

1932 年 8 月

万 国 公 墓

或许活着时都不相理,
现在一同飘零在这里,
不是陌生,也没有嫌恶,
这坟上花开向那坟去。

石碑在坟前,上面细镌,
生前的荣华指给人看,
苍苔慢慢儿藏起字迹,
他不曾有心起来争执。

有的光就是黄土一抔,
渺小也不曾教他伤悲,
像是有意把身世沉埋,
守着一个永恒的自在。

头顶的春鸟叫得多好,
再也不能引逗你们笑,
月下的秋虫叫得多悲,
也不能催落你们的泪。

你们也曾活在世界上,
曾经是朋友或是仇敌,
现在泥封了各人的口,
有话也只好闷在心头。

1932 年 12 月 5 日作于青岛万国公墓之侧

烙　　印

生怕回头向过去望，
我狡猾地说"人生是个谎"，
痛苦在我心上打个印烙，
刻刻警醒我这是在生活。

我不住地抚摩这印烙，
忽然红光上灼起了毒火，
火花里迸出一串歌声，
件件唱着生命的不幸。

我从不把悲痛向人诉说，
我知道那是一个罪过，
浑沌地活着什么也不觉，
既然是谜，就不该把底点破。

我嚼着苦汁营生，
像一条吃巴豆的虫，
把个心提在半空，
连呼吸都觉得沉重。

1932 年

洋 车 夫

一片风啸湍激在林梢,
雨从他鼻尖上大起来了,
车上一盏可怜的小灯,
照不破四周的黑影。

他的心是个古怪的谜,
这样的风雨全不在意,
呆着像一只水淋鸡,
夜深了,还等什么呢?

1932 年

天　火

你把人生夸得那样美丽，
像才从鲜柯上摘下来的，
在上面驰骋你灵幻的光，
画上一个一个梦想。

这你也可以说是不懂：
浓云把闷气写在天空，
蜻蜓成群飞，带着无聊，
那是一个什么征兆。

一个少女换不到一顿饭吃，
人肉和猪肉一样上了市，
这事实真惊人又新鲜，
你只管掩上眼说没看见。

我知道你什么都谙熟，
为了什么才装作糊涂，
把事实上盖上只手，
你对人说："什么也没有。"

人们有一点守不住安静,
你把他斫头再加个罪名,
这意义谁都看清,
你要从死灰里逼出火星。

不过,到了那时你得去死,
宇宙已经不是你的,
那时火花在平原上灼,
你当惊叹:"奇怪的天火!"

1932 年

神　女

天生一双轻快的脚,
风一般的往来周旋,
细的香风飘在衣角,
地衣上的花朵开满了爱恋。
(她从没说过一次疲倦。)

她会用巧妙的话头,
敲出客人苦涩的欢喜,
她更会用无声的眼波,
给人的心涂上甜蜜。
(她从没吐过一次心迹。)

红色绿色的酒,
开一朵春花在她脸上,
肉的香气比酒还醉人,
她的青春火一般的狂旺。
(青春跑得多快,她没暇去想。)

她的喉咙最适合歌唱,

一声一声打得你心响,
欢情,悲调,什么都会唱,
只管说出你的愿望。
(她自己的歌从来不唱。)

她独自支持着一个孤夜,
灯光照着四壁幽怅,
记忆从头一齐亮起,
嘘一口气,她把双眼合上。
(这时,宇宙间只有她自己。)

1933 年元旦

秋　　雨

窗前的心，窗外的天空，
一样是不透明，
清冷的风丝，
吹着雨丝缤纷，
一条细的雨丝，
系一个烦闷；
荷叶残盘，摔碎了珍珠——
把不住的空虚。

1933 年

生　活

这可不是混着好玩,这是生活,
一万支暗箭埋伏在你周边,
伺候你一千回小心里一回的不检点,
灾难是天空的星群,
它的光辉拖着你的命运。
希望是乌云缝里的一缕太阳,
是病人眼中最后的灵光,
然而人终须把它来自慰,
谁肯推自己到绝境的可怜?
过去可喜的一件件,
(说不清是真还是幻)
是一道残虹染在西天,
记来全是黑影一片,
惟有这是真实,为了生活的挣扎
留在你心上的沉痛。
它会教你从棘针尖上去认识人生,
从一点声响上抖起你的心,
(哪怕是春风吹着春花)
像一员武士在嘶马声里想起了战争。

那你再不会合上眼对自己说：
"人生是一个无据的梦。"
更不会蒙冤似的不平，
给蚊虫呷一口，便轻口吐出那一大串诅咒。
在人生的剧幕上，你既是被排定的一个角色，
就当拼命地来一个痛快，
叫人们的脸色随着你的悲欢涨落，
就连你自己也要忘了这是做戏。
你既胆敢闯进这人间，
有多大本领，不愁没处施展，
当前的磨难就是你的对手，
运尽气力去和它苦斗，
累得你周身的汗毛都擎着汗珠，
但你须咬紧牙关不敢轻忽；
同时你又怕克服了它，
来一阵失却对手的空虚。
这样，你活着带一点倔强，
尽多苦涩，苦涩中有你独到的真味。

        1933 年 4 月

死水中的枯树

像你这样的一条神龙,
这死水不是你的灵宫,
你昂然的头,尾巴上的力,
我明白了这是怎样的姿势。

苔藻做了你的青鳞,
绿树在你头顶,像片云,
太阳是你单眼的反光,
你的家原不在这地上。

我能想到你的心是怎样,
中夜你高瞅着月亮,
你再听到天河的水响,
你自恨这时不是在天上。

每当重雾迷了大海,
或是沉雷①挟了暴雨来,

---

① 吾乡谓大雷为沉雷。

一定乘电闪把天劈开，
你便纵身腾上了天阶。

到了晴空闪出了阳光，
我再看你，仍没有变样，
只是鳞上点满了雨水，
像是汗珠又像是眼泪。

青蛙给你唱超度的歌，
还有什么不能摆脱？
身子永远在泥水里躺，
徒叫只眼向天空望。

1933 年夏初

工 午 歇

放下了工作,
什么都放下了,
他们要睡——
睡着了,
铺一面大地,
盖一身太阳,
头枕着一条疏淡的树荫,
这个的手搭上了那个的胸膛。
一根汗毛
挑一颗轻盈的汗珠,
汗珠里亮着坦荡的舒服。
阳光下,铁色的皮肤上
开一大片白花,
粗暴的鼾声扣着
呼吸的匀和。
沉睡的铁翅盖上了他们的心,
连个轻梦也不许傍近,
等他们静静地
睡过这困人的正晌,

爬起来,抖一下,
涌一身新的力量。

1933 年 6 月

渔　翁

一张古老的帆篷,
来去全凭着风,
大的海,一片荒凉,
到处飘泊到处是家。
老练的手
不怕风涛大,
船头在浪头上
冲起朵朵白花。
夕阳里载一船云霞,
静波上把冷梦泊下,
三月里披一身烟雨,
腊月天飘一蓑衣雪花。
一支橹,曳一道水纹,
驶入了深色的黄昏,
在清冷的一弦星光上
拨出一串寂寞的歌。
听不尽的涛声,
一阵大,一阵小——
饥困的吼叫,冷落的叹息,

飘满海夜了。
死沉沉的海上,
亮着一点火,
那就是我的信号,
启示的不是神秘,是凄凉。

1933 年 6 月

小 婢 女

她才认识了自己,
同时也认识了命运的铁脸,
是用了怎样的一股力量呵,
从十万匹马力贪玩的吸引里,
她严酷地牵回了
不满十个年头的心,
还有那条像株小树的身躯,
也不让它在游戏中滋长;
她紧张起生命的全力,
给白天、黑夜,一刻一刻的时间
深镌上辛苦的殷勤。
她真聪慧,
甚至聪慧得有点可怜了,
点化快乐的一双天真的眼睛,
现在却专用来测人的眉头了,
轻云样飘忽的孩子的笑,
淋漓无常的孩子的眼泪,
都不能从她腮边、眼中,
放情地舒卷与点滴了,

因为她什么都懂透了：
生活的意义，
卖身契上她的名字。
默默老挂在她嘴角上，
不，又将抱怨哪个呢？
上帝造成了人，
该是一种可以感谢的恩德吧？
妈妈的心更是慈悲的，
生了她，于今又活了她，
她自己呢？情愿被咀嚼在
万里外故乡灾荒的大口里。
这小生命将活得很长很长，
好用一颗连记忆上
也寻不到一点快活的心，
去测人生最深的悲哀。

1933 年夏

罪恶的黑手

一

在这都市的道旁,
划出一块大的空场,
在这空场的中心,
正在建一座大的教堂。

交横的木架比蛛网还密,
像用骷髅架起的天梯,
一万只手,几千颗心灵,
从白到黑在上面搏动。

这称得起是压倒全市的一件神工,
无妨用想象先给它绘个图形:
"四面高墙隔绝了人间的罪恶,
里边的空气是一片静寞,
一根草,一株树,甚至树上的鸟,
只是生在圣地里也觉得骄傲。

大门顶上竖一面大的十字架,
街上过路的人都走在它底下,
耶稣的圣像高高在千尺之上,
看来是怎样的伟大、慈祥!

他立在上帝与世人中间,
用无声的话传达主的教言:
'奴隶们,什么都应该忍受,
饿死了也要低着头,
谁给你的左腮贴上耳光,
顶好连右腮也给送上,
忍辱原是至高的美德,
连心上也不许存一丝反抗!
人间的是非肉眼哪能看清?
死过之后主自有公平的判定。'

早晨的太阳先掠过这圣像,
从贵人的高楼再落到穷汉的屋上,
黄昏后,这四周严肃得叫人害怕,
神堂的影子像个魔鬼倒在地下。

早晨的钟声像个神咒,
(这钟声不同别处的钟声。)
牵来了一群杂色人等,
男女牧师们走在前面,

黑色的头巾佩着长衫,
微风吹着头巾飘荡,
仿佛罪恶在光天之下飞扬。

后面逐着些漂亮男子,
肥白的脸皮上挂着油丝,
脚步轻趋着,低声交语,
用心做了一脸肃穆。

还有一队女人缀在后边,
脂粉的香气散满了庭院,
一个用长臂挽着别个,
像一个花圈套一个花圈。

阳光像是主的爱,照着这群人,
也照着他们脚下的石阶,
钟声一阵暴雨的急响,
送他们进了神圣的教堂。
中间有的是刚放下了屠刀,
手上还留着血的腥臭;
有的是因为失掉了爱情,
来到这儿求些安宁;
有的在现世享福还嫌不够,
为来世的荣华到此苦修;
有的是宇宙伤了他多情的心,
来对着耶稣慰藉心神;

有的用过来眼看破了人生,
来求心上刹那的真诚;
有的不是来为了求恕,
不过为追逐一个少女。
虽是这些心的颜色全然异样,
然而他们统统跪下了,朝着上方。

牧师登在台上像威权临着这群众,
用灵巧的嘴,
用灵巧的手势,
讲着教义像讲着真理。
他叫人好好管束自己,
不要叫心作了叛逆,
他怕这空说没有力量,
又引了成套惩劝的旧例。

每次饭碗还没触着口,
感谢的歌声先颤在咽喉,
晚上每在上床之前,
先用祈祷来作个检点,
这功课在各人心上刻了板,
他们做来却无限新鲜。"

二

然而这一切,一切未来的繁华,

与脸前这一群工人无干，
他们在一条辛苦的铁鞭下，
只忙着去赶契约上的期限。

有的在几千尺之上投下只黑影，
冒着可怕的一低头的晕眩。
石灰的白雾迷了人形，
泥巴给人涂一身黑点。
铁锤下的火花像彗星向人扫射，
风挟着木屑直往鼻眼里钻。

这里终天奏着狂暴的音乐：
人群的叫喊，轧轧的起重机，
你听，这是多么高亢的歌！
大锯在木桩上奏着提琴，
节奏的铁砧叩着拍子，
这群工人在这极度的狂乐里，
活动着，手应着心，也极度地兴奋。

有的把巧思运入一方石条的花纹，
有的持一块木片仔细地端详，
有的把手底的砖块飞上半空，
有的用罪恶的黑手捏成耶稣慈悲的模样。

这群人从早晨背起太阳，
一天的汗雨泄尽了力量；

平地上,一万幕灯火闪着黄昏,
灯光下喘息着累倒了的心。

他们用土语放浪地调笑,
杂一些低级的诙谐来解疲劳,
各人口中抽一缕长烟,
烟丝中杂着深味的乡谈,
那是家乡场园上用来消夏夜的,
永不嫌俗,一遍两遍,不怕一万遍,
于今在都市中他们也谈起来了,
谈起也想起了各人的家园。
他们一点也不明白为什么要盖这教堂,
却惊叹外洋人真是有钱,
同时也觉得说不出的感激,
有了这建筑他们才有了饭碗。
(虽然不像是为了吃饭才工作,
倒是像为了工作才吃饭。)

这大建筑把这大众从天边拉在一起,
陌生的全变成亲热的兄弟,
白天忙碌紧据在各人的心中,
没有闲暇去做思乡的梦,
黑夜的沉睡如同快活的死,
早晨醒来个奴隶的身子。
是什么造化,谁做的主,
生下他们来为了吃苦?

太阳的烤炙,风雨的浸淋,
铁色的身上生起片片的黑云,
机器的凶狞,铁石的压轧,
谁的体躯是金钢铸成?
家室的累赘,病魔的侵袭,
苦涩中模糊了无色的四季。
一阵头晕,或一点不小心,
坠下半空成一摊肉泥,
这真算不了什么稀奇,
生死文书上勾去个名字;
然而他们什么都不抱怨,
只希望这工程的日期延长到无限。

三

不过天下的事谁敢保定准?
今日的叛逆也许是昨日的忠心,
谁料定大海上哪霎起风暴?
万年的古井也说不定会涌起波涛!
等这群罪人饿瞎了眼睛,
认不出上帝也认不清真理,
狂烈的叫嚣如同沸水,
像地狱里奔出来一群魔鬼,
用蛮横的手撕碎了万年的积卷,
来一个无理性的反叛!
那时,这教堂会变成他们的食堂或是卧室,

他们创造了它终于为了自己。
那时这儿也有歌声,
不是神秘,不是耶稣的赞颂,
那是一种狂暴的嘻嚷,
太阳落到了罪人的头上。

1933年9月5日全夜写强半,6日完成于青岛

逃　荒

（报载：二百万难民忍痛出关，感成此篇）

几茎芦荻摇着大野，
秋的宇宙是这么寥廓，
在这样寥廓的碧落下，
却没寸地容我们立脚！
一条无形的鞭子扬在身后，
驱我们走上这同样的路，
心和心像打通了的河流，
冲向天涯,挟着怒吼！
不要回头再一望家乡，
它身上负满了炮火的创伤，
（这炮火卑污的气息叫人恶心，
也该感谢,它重生了我们。）
横暴的锋锐入骨的毒辣，
大好田园灾难当了家。
没法再想：春天半热的软土炙着脚心的痒痒，
牛背上驮着夕阳；
过了一阵夏天的雨，

跑去田野听禾稼刷刷地长;
秋场上的谷粒在残阳中闪着黄金,
荒郊里剩半截禾梗磨着秋响;
严冬的炕头最是温柔,
妻子们围着一盆黄粱。
这一些,这一些早成了昨夜的梦,
今日的故乡另是一个模样。
一步一个天涯,我们在探险,
脚底下陷了冰窟,说不定对面腾起青山。
我们没有同胞!上帝掌中的人们
不要在这些人身上浪费一声虚伪的嗟叹,
秋风倒有情,张起了尘帆,
一程又一程,远远地送着,
山海关的铁门一闭,
从此我们没了祖国!

1933 年 11 月 3 日

盘

刻着各色的梦，寂灭了，
向你眩一下空虚的眼，
像一粒无根的砂石，
挂不住万古的悬岸。

一个跌不死的希望，
不倒翁似的永不怕累，
硬撑住你跌倒，跌倒
又爬起来的双腿。

日子过得没有骗人，
这你自己一定知道，
试试什么压住了心，
这么沉又这么牢靠。

总得抖一股劲朝前走，
像盘一座陡峭的山头，
爬过去就是平原，
心里无妨先存着个喜欢。

1933 年

问

谁肯乘这夜色正浓,冲开冷风,
爬上百尺谯楼撞一声警钟,
擎起一炷火把——
一道信号彻天的通红?

窒塞要爆炸人心的今日,
谁敢破嗓地高喊一声,
举一面火焰的大纛,挺起胸,
做一个敢死的先锋?

谁能用一支如椽大笔,
最毒辣最不容情,
使魔鬼在笔端下啾哭,
另指一条新路给人生?

前偶检旧箧,得诗一纸,下署1926年秋。彼时,余攻读于济南,张宗昌势焰正炽,压迫思想,摧残文化,凡新文学书籍,一概禁绝,余感窒息,乃有此诗。但技巧拙劣,不能成器,兹就原意,改作如斯,上距初稿,已逾八载,今重读一过,当年窒息之空气仿佛犹在胸中。

1934 年 1 月 9 日于青岛铁小

附记:这首《问》,发表于 1934 年 10 月出版的《文学评论》第 1 卷第 2 期上。我自己早已把它忘掉了,从未收入诗集。一个偶然机会买到了几本旧杂志,才发现了它。把张宗昌时代写的诗,修改发表于蒋介石反动统治时期,用意可想。在坚守原意前提之下,为了韵脚的统一,将第三节略为调整。

1978 年 10 月 27 日

壮 士 心

江庵的夜和着青灯残了,
壮士的梦正灿烂地开花,
枕着一卷兵书一支剑,
灯光开出了一头白发。

突然睁大了眼睛,战鼓在催他,
(深殿里木鱼一声又一声)
跨出门来,星斗恰似当年,
铁衣上响着塞北的朔风。

前面分明是万马奔腾,
他举起剑来嘶喊了一声,
从此不见壮士归来,
门前的江潮夜夜澎湃。

1934 年 1 月 11 日于青岛

自　白

我是平凡,心永远在泥土里开花,
再不去做那些荒唐的梦,
这世纪,魔鬼撕破了真理的面孔,
还给它捏造了无数的诡名,
思想,一条透明的南针,
永不回头,我朝着前进,
像一只大鹏掠过了苍空,
翅膀下透出来一串响声。
百炼的钢条铸成了我的骨头,
那么坚韧,又那么多的锋棱,
不受生活的贿赂去为它低头,
喧豗的大河是我的生命。
你相信风能撼摇铁的树头,
可是你更得相信我这个心!
(血肉可以给刀刃剁成烂泥,
然而骨子永远是我的!)
在这一片撒谎的日子里,
我给人间保留一丝天真,
我是热情,要用一勺沸水

去浇开宇宙的坚冰。
恐怖就让它是六月的淫雨,
我却能估得透它的寿命,
并不胆怯,你看脸前那一列人影,
(无数的心在我的心上跳动)
我将提起喉咙高歌正义,
不做画眉愿做只天鸡。

       1934 年 1 月 14 日

元　宵

天上一个好月亮，
没有风，什么都很平静，
家家门前的灯光
也亮得很稳，
彻夜的爆竹，把无数的欢心
开花到天上。

今夜，遥想枯瘠的乡村，
多少儿童
手把住大门，
望穿了一条黑巷，
大人合起感伤的眼睛，
一片荣华在脸前浮荡。

1934 年元宵后数日于青岛

答 客 问

我才从乡村里来,
这用不到我说一句话,
你只须望一望我的脸,
或向着我的衣襟嗅一下。
我很地道地知道那里的一切,
什么都知道,
像一个孩子知道母亲一样,
他清楚她身上的哪根汗毛长。
你要问什么?
问清明时节纷纷细雨中
长堤上那一行烟柳的濛濛?
还是夕阳下,春风里,
女颊映着桃花红?
问炎夏山涧沁出的清凉,
黄昏朦胧中蝙蝠傍着古寺飞翔?
还问什么?
问秋山的秀,
秋风里秋云的舒卷,
无边大野上残照的苍凉?

我知道你要问冬夜里那八遍鸡声,
一个老妪摇着纺车守一盏昏黄的小灯。
你要问这,这我全熟悉,
可是我要告诉你的是另外的一些事。
你听了不要惊惶,也无须叹气,
那显得你是多么无知。
我告诉你,乡村的庄稼人
现在正紧紧腰带挨着春深,
他们并不曾放松自家,
风里雨里把身子埋在坡下,
他们仍然撒种子到大地里,
可是已不似往常撒种也撒下希望,
单就叱牛的声音,
你就可以听出一个无劲的心!
他们工作,不再是唱呕呕地高兴,
解疲劳的烟缕上也冒不出轻松,
这可怪不得他们,一条身子逐着日月转,
到头来,三条肠子空着一条半!
八十老妪口中的故事,
已不是古代的英雄而是他们自己,
她说亲眼见过长毛作反,
可是这样的年头真头一回见!
凭着五谷换不出钱来,
不是闹兵就是闹水灾,
太阳一落就来了心惊,
头侧在枕上直听到五更,

饥荒像一阵暴烈的雨点，
打得人心抬不起头来，
头顶的天空一样是发青，
然而乡村却失掉了平静！

     1934 年 3 月 22 日于相州

无 窗 室

搬下来了,我搬下来了,
从那座摩天的石头楼上,
像一只黄鹂蹬开了乔木,
一头栖下了万丈的幽谷。

在楼头,我的心晒不上太阳,
望望海涛,我拍一下窒塞的胸膛,
我身边死钉着一个鬼影,
白天黑夜一点也不放松。

我闭上了这一扇门扉,
四壁一齐泄下了光辉,
一只黑手掐杀了世界,
在这里边我呼吸着自在。

1934 年 3 月 22 日于相州

村　　夜

太阳刚落，
大人用恐怖的故事
把孩子关进了被窝，
（那个小心正梦想着
外面朦胧的树影
和无边的明月）
再捻小了灯，
强撑住万斤的眼皮，
把心和耳朵连起，
机警地听狗的动静。

1934 年 3 月 22 日于诸城相州

民　　谣

刚才我从街头过，
听到一群村儿唱歌，
他们用手指着太阳，
脚跺着地，齐声高唱。

提到这支歌真叫人心惊，
曾使得一个暴君投身火坑，
今天它来得真也奇怪，
今天是一个什么世界？

1934 年 3 月 24 日于相州

生命的叫喊

高上去又跌下来,
这叫卖的呼声——
一支音标,沉浮着,
在测量这无底的五更。

深闺无眠的心,将把这
做成诗意的幽韵?
不,这是生命的叫喊,
一声一口血,喊碎了这夜心。

1934 年 4 月 5 日于相州

都 市 的 春 天

一只风筝缢死在电杆梢,
一个春的幌子在半空招摇,
这里没有一条红,一条绿,
做一道清线记春的来去。

东风在臭水上扬起了波澜,
穷孩子在里边戏弄着春天,
遍体不缀一点布块,
从天上掉下来一身自在。

工人们摔掉了开花的棉袄,
阳光钻入了铁的胸腔,
他们有力地伸一伸双臂,
全体的生机顺着风长。

高楼上的人应该更懒,
一个梦远到天边:
深巷里一声卖花,
一双蝴蝶飞过南园。

1934 年 4 月 28 日

场园上的夏晚

我永不忘记太平年代的夏晚,
夏晚乡村里那恋人的场园。
蝙蝠翅膀下闪出了黄昏,
蛛网上斜挂着一眼热闷,
推开饭碗,擦一把臭汗,
大人孩子提一领蓑衣跑去了场园。
场园上没有不快的墙垣,
风从禾稼声中吹来,全无遮拦,
像四面的清流泄下了山岩,
各人拣好一块地方,
坐卧那全凭自己的心愿,
先来后到的一阵乱打招呼,
(从脚步上认,全用不到看脸)
时间候到了最后的一人,
一轮满月正挂在东天。
树影在这群人身上乱扫,
扫净了一切,只一缕看不见的香烟
氤氲在人和人中间。
大人的脸对着天空,

心里念着一些星名,
他们用星决定未来,
银河弦上系着命运,
一颗彗星偶然扫过,
给他们添了一份担心!
小孩子强支住恐惧,闭着眼,
(黑影里没法看那张脸!)
用拔不出来的耳朵听红毛的鬼怪
从大人口里慢慢地跳出来,
直等到妈妈隔墙遥呼,
(呼声里带着亲爱的骂辞)
才哀求大人送他们家去,
眼缝里闪来了远处的鬼火,
拼命地挈紧大人的衣角,
夜里来一场心跳的梦,
一个红毛鬼打一个灯笼。
夜在场园上飞,人却不知觉,
不知觉地淡尽了天上的星月,
阳光钻开了隔夜的眼睛,
爬起来,只觉得一身露重。

1934 年 7 月 5 日
村夜恐怖不敢眠,对闷热的灯火成此。

月

哀号拖过了每家门口,
今宵哀号也叫不出人来,
大门里各人紧锁着个暖秋,
脸像春花一齐朝着明月开。

西风送他,亮月送他,
送他踏上了古刹的石阶,
不叫一丝清光拖住褴褛,抖一下,
他闪进了一座阴森的神台。

1934 年中秋

秋

我想,一定有人衔一支烟,
从纸窗缝里望着雨中的庭院,
凄清的雨丝洒下了半空,
人的愁丝和雨丝搅成一团。

也一定有人向傍晚的红日,
念起千里外故乡的云烟,
或者拖一只冷冷的影子,
向大野里去找谢了的童年。

可有人认识眼前的秋天?
它在穷人的脸上是多么鲜艳!
凄清到处流溢着夜哭,
夜,静静地又把哭声咽住!

荒郊上,凉风吹出了白骨一片,
谁会想到:
鸭绿江上的秋色
已度不过山海关!

1934 年 10 月 2 日

拾 花 女

慢慢儿西天边黑了残霞,
冥色中万物失掉了自家,
冷风吹浓秋的凄凉,
吹散了一坡拾花①的姑娘。

双腿上支着一天的疲劳,
背上的花包弓了她的腰,
低着头,无心听脚步的声响,
一条小道在眼前发着白光。

头顶上叫着投林的暮鸦,
路是熟的,它会引人到家,
"小弟弟不会迎在村外?
替妈妈想:小妮子到这也不知道回来!"

1934 年 11 月于临清中学

---

① 指拾棉花。

卖 孩 子

给你找了个享福的地方,
好孩子,跟着这位大爷去,
管保你不再饿得叫亲娘,
还可穿上暖和的衣裳。

做事要勤力,要听话,
留心人家呼你的名字,
可不能再娇娇娜娜,
像在娘手里那么地。

夜里不准想娘起来啼哭,
为娘的还有什么可想的?
冷了给你做不上衣服,
饿了没什么给你充饥!

扯扯拉拉的这么绵缠,
看样子好话说不走你!
去!给我赶快收起眼泪,
娘的巴掌是无情的!

1934 年 12 月 1 日

冰　　花

是谁家的青年孩子，
倒在了这平川大地，
身边的破瓢里结着冰花，
一根棘条上咬烂了狗牙！

一领老破袄盖住了头，
不肯把脸向着宇宙，
红肿的双腿上绽开了花朵，
冷风催着血水流落。

不做一声哀叫，
任人掩鼻从两边跑过，
身下一层薄薄的冰绡，
把他和大地结成了一个。

夜来落过一场大雪，
银白把一切肮脏镀过，
等到太阳重放光明，
人间破上个大血窟窿！

1934 年 12 月 5 日

夜

夜的黑手摘去了天灯,
天上全不留一颗星星,
顶天立地的一条身影,
充塞得宇宙不透一点明。

脸前听到的,
是死灰的冷静,
(听不到的呐喊响在人心胸)
黑影掩住了血的鲜红,
然而黑影掩不住血腥!

有谁会忧怀着夜的永生?
那他是不明白造化的神明,
你看什么都在咬紧牙根久等,
久等雄鸡喔喔的一声。

1935 年

运　　河

我立脚在这古城的一列废堞上,
打量着绀黄的你这一段腰身,
夕阳这时候来得正好,
用一万只柔手揽住了波心。
在这里我再没法按住惊奇,
古怪的疑问绞得我心痴!
是谁的手辟开了洪蒙,
把日月星辰点亮在长空?
是怎样的一个嬴姓的皇帝,
一口气吹起了万里长城?
天女拔一根金钗,
顺手画成了天河;
端阳的五丝沾了雨水,
会变一条神龙兴波,
这是天上的事,谁也不敢说,
我曾用了天上的耳朵听过。
怪的是,杨广一个泥土的人,
怎样神心一闪,
闪出了

这人间一道天河!
你告诉我,当年四方多少苦力,
给一道命运捆在了一起,
放着镰刀在家里锈住了白光,
无边乱草荒漫了田地,
寒天里妻子没处寄征衣,
一个家分挂在天的两极。
孩提学话只喔哦着妈妈,
人间成了个无父的天地!
天上的乌鹊一年忙一个七夕,
这地上的工程是没头的日子!
晴天里铁锹闪起了电火,
一串殷雷爆响在心窝。
硬铁磨薄了手掌,
磨白了头发,
磨亮了眼睛
也望不到家。
累死了的,随着土雨填入了长堤,
活着的,夜夜梦见土坑陷落了三尺!
毒恨的眼泪,两地的哀号,
终于兴起了万里波涛。
波涛老是挟着浊黄,
是当年的冤愤至今未消?
两道大堤使你晃不开双肩,
然而星星也没法测你的高深。
像一条吟龙

窜过了两个世界，
头枕着江南四季的芳春，
尾摆着燕地冰天的风云。
听说你载着乾隆下过江南，
一阵小雨造下了不死的流传，
你看背后夕阳的颜色正红，
贴在"沙邱古渡"的歇马亭①。
几只白鱼傍着龙舟打了个挺，
一座龙王庙腾起了半空，
这地方，水势至今打着旋花，
一个铁窗户像一只死眼，
瞪得舟子捧着心怕！
我知道，人间的苏杭，
你驮过红心的天子曾去沉醉，
仿佛八骏驮着古帝王
去西天的瑶池会王母一样。
南国的荔枝带着绿叶，
一阵轻风吹到了宫掖，
得宠的御女满口香甜，
谁说天涯不就在眼前！
江干的玉女流入了宫廷，
四壁黄墙已非人境，
竭尽了海内所有的珍奇，
装成一个花枝的身子。

----

① 乾隆下江南，避雨歇马亭。

你也一定运过连船的天兵四方去远征,

金甲耀得河水发明,

回头来连船虽是减了长度,

然而船面上却添了凯旋的歌声!

我想,如果你也有一张口,

肚子里的话会绷断喉头,

城圈揽住你

又放开你,

一里一外的岁月

谁能计算清?

长毛大杀水旱十三门,

人头在河里滚,

万人冢上的草色至今还发红①!

一道城垣向三十里外展开,

于今只留些残破给夕阳徘徊,

河岸上见不到诗人的遗迹,

有一座荒碑告诉他的故里②。

你的呼吸把一切吹空,

你却健在着做一切的证明。

我眼前河面上桅杆一林,

破帆上带着风雨,带着惊心,

我常见一条绳索

串着岸上的一个人群,

---

① 长毛之乱,临清城被洗,死尸遍野,丛葬而成万人冢,至今冢边草作红色。
② 河东岸有"谢茂秦故里"石碑。谢茂秦名榛,是明朝诗人。

一齐向后蹬开岸崖,
口里挤出了声声欸乃,
一声欸乃落一千滴汗,
船身似乎不愿意动弹,
一个肉肩抵一支篙,像在决负胜,
船载多重生活的分量多重!
黑夜里空中失了星斗,
一点灯火牵着船走,
黄昏的雨,凉宵的风,
风雨也阻不住预定的途程,
来往的风帆这样飘着日夜,
我看见舟子的脸上老拨不开愁容!
运河,你这个一身风霜的老人,
盛衰在你眼底像一阵风,
你知道天阴,知道天晴,
天人的豪华,
奴隶的辛苦你更是分明,
在这黄昏侵临的时候,
立在这废堞上
容我问你一句,
我问你:
明天早晨是哪向的风?

1935 年 1 月 31 日于山东临清

我们是青年

头顶三尺火,仰起脸
一口可以吞下青天,
一双眼锐利地
专在人生的道上探险,
三句话投不着心,
便捏起了拳头,
活力在周身跳动着响,
真恨地上少生了个环!
叫世故磨光了头皮的人们笑吧,
我们全不管,
秋后的枯草
也配来嘲笑春天?

黑暗的云头最先在我们心上抽鞭,
红热的心是一支火箭!
宇宙在当前是错扣了的连环,
我们要解开它,
照着正直的墨线
重新另安!

擎起地球来使它翻个身，
提起黄河来叫它倒转，
相信自己的力量吧，
我们是青年！

1935 年 2 月

古 城 的 春 天

眼前挂上了昏黄的风圈,
沙石的冕旒晃得人发眩,
纵然残堞偷来了绿色,
三尺以内望不到春天。

丛丛的荒冢
是朵朵的黄花,
簪在了这古城
霜白的鬓边。

城根下的古槐空透了心,
用一枝绿手,招醒了城下的土人,
走出门来望一望钢板的地,
空叹声:"一犁春雨一犁金。"

1935 年 3 月 26 日于临清

吊八百死者

完了,八百条性命
不当八百只蚂蚁,
不见一滴鲜血,
清水窒死了黑的呼吸!

再不用在黑天底下
愁着青天底下的妻子,
虽然,在祈祷时放了哭声,
她们用直嗓喊着你们的名字!

完了,这一队疲惫的残旅,
都变了水鬼在等着拉尸,
明天,成群的生力军跳下青天,
争着来补你们的空子。

附注:暑假前,淄川日人经管之煤矿,因工程简陋,致遭水灌,工人死者八百,其家人闻讯均放声痛哭,向天祈祷,冀其生还。人间惨事,无过此者,赋此志悼。

1935 年 5 月 19 日

螺　　旋

像鞭梢下的螺旋——
在夜的尖上
痛苦抽我
滴溜转在这风露的庭院。

沉死的夜浪无边——
天上的朗月
地下的我
是宇宙不瞑的两只大眼。

1935 年 7 月 18 日

拉　　锯

两双大手拉着六月天，
受伤的木身白血飞迸，
铁锯齿这一条长长的火镰，
从眼睛上碰出了火星。

四方竹笠上压下了太阳，
两个大影子晃动在地上，
生命的黑流打着滚落——
背上决了千万道江河。

1935 年 7 月 24 日

水　灾

大旱在春天揭人一层皮，
夏天的日子又全浸在水里，
村子里倒净了老病的房屋，
夜里倒满了露天的身子。

宇宙几乎霉得要开花，
唯有人身却日见干巴，
不必说找不到一把柴火，
地里没收凭什么下锅？

一天多少次惊人的破锣，
喊人们一齐到河边去，
用决死的心守着大堤，
像守一个闯祸的疯子。

天上的水叫蛟龙驮来，
浪头像猛虎把长堤抓开，
大口里伸出条亮堂的馋舌，
向着当前的一切卷来。

连惊呼也不给一点余地,
先把喉咙给人扼死,
眼里开花,鼻子塞入了真空,
只根根发梢在水皮上波动。

发疯的女子骑着屋脊,
脚像双桨插在水里,
眼看乱摇的小手向她求援,
一转眼,只见浪头见不到自己的孩子!

水上漂着可怜的牲畜,
漂着家具,漂着大小的尸体,
这一群前后追逐着,
永远不愿分离!

水口嗽出来的生命,
脚踏空地头顶一天青,
像破烂的败叶一堆,
偏偏脸前又吹起了秋风!

1935 年 9 月 19 日

中原的胳膀

你可曾看见过
十年的老关东回到家门,
一个神秘的包袱,
打动了无数的人心?

"还乡的关东客下了贼店,"
你也该听过这样的故事,
"他的财贝,
杀了他的身子。"

你也少不了这般的邻人,
乡井对他们失了温馨,
背着债主,躲开人的眼睛,
半夜里"起黑票"全家闯关东。

一辆独轮小车
载着土的人,土的破烂,
袅起来一道尘烟,
吱呦呦旱地里行船。

关东,可不像
什么"西出阳关无故人",
关东是伸出去的一只胳膊,
它和中原关连着痛痒。

一出了"天下第一关",
人,顿然大了胆,
半空里降下了
护生的伞。

关东是上帝给中华民族
预备的宝库,
三分劳力,
给你七分酬劳的东西。

夏天的大野是一片绿海,
管许你一眼望不到边际,
你眼里看着心下会发愁,
得多少人才吃完这一季粮食!

秋郊上,
金风像猛虎到处扑人,
你瞧,天地都吓变了色,
生命也仿佛扎不住根!

路径空虚得像失恋的心,

渴望脚步来踏上串声音,
村庄和村庄像不世的仇敌,
一个一个躲得远远的,
里面的人却恰翻了个"个儿",
见个生客心直喷热气。

冷冬的景色
也真别致,
无情的"烟炮"①
造成个有情的回忆,
人把身子裹在一张皮里,
留两个小洞关照着脸前的咫尺。

万年的森林
展开了绿的沙漠,
要想用脚印穿透这神秘,
你得看青色的叶子片片黄落。
这儿有绿水,也有青山,
山水却不能只当图画看。
山峦里啸着生风的虎,
多嘴的狓子学着人声,
有猩猩的群,
有大队的熊,
也有美翎的鸟儿

---

① 严冬,雪落不能融,随风乱扬,造成烟幕,人当之,如同利刃。

等着人起名。
成形的"参孩子"
点化作声,
灵芝和起乱草杂生。
这一些,这一些在等候一个福人,
当他到山里去找命运。
江心的木料
练起了战船,
没腿
却能走到天边,
摩天的高楼给浮云做家,
是它撑起了都市的荣华。

绿水不是只会绕白山,
它叫河里闪着黄金,
引来串人点缀河岸,
它叫白沙去磨细人心。

关东的风情我也摸一点,
大姑娘拖一支长的烟袋,
关外的窗户纸是糊在外,
养个孩子倒吊起来①。

你还有兴听,我却收了口,

---

① 关东有三怪:窗户纸糊在外;大姑娘拖一支长烟袋;养个孩子吊起来。

你知道我的心正在悲伤,
悲伤中原一身是血,
生生地被割去了这一条胳膊!

1935 年 10 月 6 日于临清

自己的写照

一

秋夜的枕头上长不住睡眠,
小屋有如枯墓的阴暗,
是鬼的舌头在舐着窗纸?
一点灯光闪出一眼蓝。

是什么声浪从八方涌来,
叫着我的名字呼喊?
一会儿又细细地向我耳语,
一会儿语气转成了指点,
忽然变得像三峡的湍流,
挟着愤怒朝我耳中直灌!

像被正义敲着了疮疤,
羞色烧热了我的瘦脸,
轻喟了一声,
扪一下自己的心,
我试它

像滚圆的红日在胸中动转!

当一匹倦骥吃一踢马刺,
还会向前抢上一步,
我,一个年纪刚傍午的青年,
能甘心让消沉挖断生命的根土?

我长着一双眼专为了向前看,
性子硬朗得比岭顶的"窝蓝"①,
因为生我的村子像一尊孤岛,
傲岸地睥睨在莽莽的土海间。

身子是支敏感的水银柱,
测透了七情高低的度数,
人生的影像在眼前,
谁知已有多少次的变转,
我像一个小孩子
从洋片的镜头中
拔出了惊奇的双眼!

小时候,门前秃顶的两支旗杆,
像两位枯朽的老人
指示着,叫我在西风里

---

① 系一种小鸟,飞得越高,叫得越起劲。岭顶所产者叫声清劲,故我乡有"岭头窝蓝——叫的硬"一歇后语。

听聆他道出荣华的那一段。

匾上的黄字褪净了金光,
叫一屋炊烟熏成个黑脸,
这比方是面空洞的古崖埕,
斑驳中印下了潮流的线。

前朝的腐尸里滋长了精英,
时势将迫出敢干的英雄,
混乱的江山等着人收拾,
天下的人心迷了道路,
只须一个人登高一呼!

六曾祖手中的大旗一扬,
十万叛徒立刻啸聚,
"穷困的人我们是兄弟,
同在这面旗子下夺取富人的粮食!"
事实还没有酿熟新的时势,
龙颜大怒,
一口嘘倒了
他苦心垒就的官级。
一身硬骨头,
一身全是胆,
亲口告诉我这个孩子,
他说"官家就是人民的奴隶"!

祖,父,叛逆的事迹我可说不清,
(书生造反,你知道,
全凭一时义气的激动,)
只记得他们把祸乱带给了家庭,
娘娘①带我到山村去逃命,
风声火急,故乡旦夕就要挖成了坑!

我曾在故纸堆里发现过
他们流亡的记事:
六月天,假发上盖一顶硬的帽子,
像一个幽灵逃避太阳,
像一颗炸弹向幽僻处滚,
没有谁大胆敢来惹逗,
可是最亲切的故旧
也都用恭敬的双手把你捧走!

惊,气,牵去了我的娘娘,
那年我整整八岁,
清楚地记得,老哥哥担一担菜笼
我跟他去拜一座新坟。

大大②的心一半属革命一半属女人,
姑们常指着我身上的时式花衣笑问:

---

① 母亲。
② 父亲。

"你知道外边的哪个娘娘
给你做来的这一身新?"

当人人爱他那头丝发的时候,
八叔手中的剪刀咬去了我那条小辫,
一条身子穿着两个时代,
大清的江山也叫我那条辫子摔开!

跨下的竹马驰去了我的童年,
梦里腾云的翅膀从此折断,
我刚估透了天真的价,
天真便一手把我推远!

从此我便招来了魔鬼,
(这可不能埋怨,
谁叫你身上先自燃了欲火!)
化一千个样它向我诱惑,
人生的棋盘上原有一定的着,
可是青春这一步最容易走错!

和别人一样,我也曾玩过爱情的火,
几乎把颗心叫它烧烂,
冒着死,在音乐声中
送我爱的人到人家的床前!

像童年的日子里没有黑天,

悲哀的来永远是一串！
眼看病魔的慢口
咬着大大生命的根，
它不叫他即死，
它爱听他那接近死亡的呻吟！
三年的工夫壁上印上了他的偏影，
（可怜渐细的气力
不让他的身子转动！）
贴身的褥子渍得血红！

眼看着病魔的毒手
接连着掇走了我心上的众亲，
看戏的时候从此知道为悲剧落泪，
悟开了欢笑不过是一时骗人！

穷乡的景象我告诉你，那我全懂，
因为我的身子原就在这里面扎根。
我知道一匹布得用多少线缕，
得熬多少灯昏的五更，
铁梭磨硬了人的手掌，
连眼睛，连双脚，连心，一齐随着它跳动。

冬天里，一条破单裤灌饱了风，
像挑起一个不亮的灯笼，
说来或者你不见信，
穿布的却不是织布的人！

乡下的庄稼汉是"蜜不齿蜂"①,
忙碌一年是一个干挣!
春天坡下有他们的影,
夏天坡下有他们的影,
秋天,把粮食送去给财主添囤,
严冬里,守着冷炕头,
喝着西北风,掐念着季候的早晚,
打算着明年的春耕!

我听到四十岁的穷光棍仰天叹气,
穷得上吊找不到一条绳子;
看见过害着热病的孩子哭着亲娘,
含一口冷水把双眼合上。

有意作个对比,老天也生了另外一群,
他们有眼却五谷不分,
一条圣虫守护着万年不断的囤②,
陈草垛熬白了野狐的须根。

华堂顶上的铁马金兽,
朝着天空呼唤风云,
好用风的清云的白,

---

① 蜂之一种,专司酿蜜,蜜成,它蜂即逐之去,故吾乡有"属蜜不齿的——干挣"一歇后语。
② 吾乡传说:囤中有圣虫,则粮食永吃不尽。

剪一身悠闲送给贵人。

天生的土地谁划上的界线？
黑字写给他阡陌一片，
写给他一个个庄村，
还有里边所有的活人。

被抽尽了鲜血的奴隶
还得含着笑死，
我看见打着旋风的主人，
一跳三尺,喊着"揭锅,退地,封锁门！"

我看得真多呢,我看见生活的圈子
在每个穷人的颈上缩小，
"人生不是一条坦荡的大路"，
从此我的脸蒙上了严肃！

二

时间的针倒拨上十年，
黑暗的铁箍捆住了济南，
口上给你筑一道长堤，
把一把火点在人心里！
杀人的布告一天一千张，
一千个人顶着一个罪状，
听说古时候曾活埋过六十的人，

这时,年轻的却有点不稳当!

一个军官抱一支大令,
像巫觋顶起了个大的神灵,
一队大兵簇拥在身后,
冷的刀光直想个热的人头!

带杀气的号声叫过了,
一面大旗牵着一列兵,
一万个马蹄震聋了大地的耳朵,
全城里抖满了将军的威风!

无头捐税的毛细管,
抽净了老百姓的血,
养肥了大马,开拓了枪林,
涨大了将军的一个野心!

地狱里人民的苦惨他全不看见,
不惜十万金买一个心欢,
人民一齐唱起了"时日曷丧"的歌,他全不听见,
他要一手握住宇宙的关键!

他要在青年胸中撒下密网,
不让你心里长住个思想,
他要检查书本上的每一个字,
想使中原的文化倒过头来长!

状元举子弹去了冠上的尘土,
旧的灵魂装饰成迎时的幌子,
掮出几千年的偶像来泥上新金,
要用死的木牌压倒活人!

黑暗的肥料更容易催革命抽芽,
这一次的算盘他却是反打,
任他的巧嘴给事实扭花,
我们的耳朵偏会听反话。

枪杆可以拘人的身子,
可管不住人心,管不住它,
像深更里的母亲盼一个远行人,
日日夜夜一齐盼着"南军"。

深夜里学校遭了包围,
叫嚣的声音像鬼在叫人,
死亡的翅膀将向着谁扑?
恐怖里浮起了愣鸡一群。

一支晃动的烛光照着乱忙的手,
挖开地板向里面填书本,
谁想多年累积的这一份产业,
这时竟成了要命的祸根!

不稳的信件一齐交给火,
火口一下子吞不了这么多,
红头拖一个焦尾乱窜,
人人一眼清泪,一鼻子辣烟。

过了一夜像过了一场拂晓的战争,
早晨的太阳又在天边发红,
身子挣出了死的拥抱,
心上还留着当时的战惊。

像千斤石底下曲生的树身,
一群友好结成一个心,
秋夜大明湖上有我们呕的血水,
(天地黑成一块墨,
湖上只有凄凉的份。)
我们也曾登上千佛山对天挥泪;
上天有眼只为了照顾威权,
宇宙得凭自己亲手去掾转!
此后黑夜教室里的冷桌子
会告诉你我们的秘密,
另一个灵魂
附上了我们的身子。

十月的天空排满了雁行,
向着温暖它们驾起了翅膀,
冷笼插不住心的候鸟,

排成人字,我们要扑向南方的太阳。

一纸八行书寄走了家庭,
慷慨的气势如烟云行空,
每个字激动得要冲破信套,
像写它时候我们的心跳!

没一点眷恋,像一位高僧
记不起当年那一头丝发,
没一点顾惜,把家庭丢却,
像一个壮士赴敌那样洒脱。

全不记起
祖父捋着胡须
板着铁脸
传授给的那舍利子一般的庭训,
也不想
老人在灯前
念这些字句
将用着怎样的一颗心!
至今还记得劈头快意的那一句:
"此信达时孙已成万里外人!"

一个青年不听时代的呼唤,
等到白发把壮志缢死?
临别朋友们壮行色的豪语,

至今还响在我的心里!

换一个姓名,换一身衣服,
像过关的子胥,
一夜愁白了精神的头发,
谢谢天,密网孔中走漏了群鱼!

我们站在船头上听黑夜的海啸,
我们用放大的心向背岸嘲笑,
我们胸中落下了无边的天空,
我们将看见明早的太阳在大海上发红。

三

大江从天上摆来了腰身,
逆着它的银鳞我们上溯,
一万声自由的波涛叫着我,
叫我到武汉三镇——光明的结穴处。

两岸的村落用青眼迎人,
十月的江南是小阳春,
像一只青鸟要挣向绿林,
我把不住胸中要飞的这颗心。

谁的手把宇宙割成了两片?
南方是白昼北方是黑天,

长江何幸,把波浪畅泄到海洋,
黄河,它的弟兄,却叫窒塞横住了胸膛!

武昌这座斑驳的古城,
背起蛇山,遥对着夏口和汉阳,
像三位不死的寿星,
面对着东流的江水
闲话人间的兴亡。

剥开二千年记忆的尘土,
磨出了周郎的风采,纶巾的孔明,
还有挥动着八十三万人马
横槊赋诗的那位名士英雄。

争夺江山的砍杀给它的创伤,
将永远揳着它的心痛,
千万架枯骨换来个新的朝代,
这古城,它记得历代帝皇不同的姓名。

"双十"给了它个新的生命,
北伐使它返老还童,
武昌有知也该古树开花,
放开老眼,把个新的估价
给这两次不同的战争。

破军帽、烂子弹壳,枕藉在城下,

含笑的骷髅守着这一堆，
这一篇战迹胜过十万句话，
凭你想：一群敢死队
叫一个信念疯狂了，
忘了死，争着爬上云梯，
用血肉去碰敌人的枪刀！

伟大的牺牲，
内向的民意，
倒了强权，
武昌城头迎风竖起了正义的大旗！

我，一个黑色的身子
投进了它亮堂的胸怀，
一股突然强烈的光明
刺得我双眼不敢睁开！

革命是面占风的鸡旗，
人心一齐随着它转；
又像是一支屹然的天柱，
无数的星群围着它绕圈。

光明的镜子反映出自己的丑恶，
卑劣的宿根交给意志的锋刃，
前日的我让他死掉，
叫正义的火炼一条新的金身。

从五千年的地狱里大众爬起来,
在光天之下直一直腰板,
谁是主人?谁是奴隶?
一时抹去了这一条界线。

脱下了铐镣,披上了自由,
天堂地狱一反手之间!
他们认识了自家也认识了宇宙的壁垒,
武装了身子也武装了心!
像愤怒的东海,驾起了惊涛,
向西方倒灌,看那个蛮劲!

我登上黄鹤楼百尺的石阶,
对着大江舒一口气,
它曲着身子,摆着尾,
喋喋波浪的小嘴
朝着我说个不休。

立在楼头,听不到五月的梅花
飘满了江天,只听见
悲壮的军号,悲壮的歌,
从人心里叫起勇敢!
西望汉阳,那里是
萋萋芳草的鹦鹉洲,
叫人凭它去想象一个祢正平,

天赐了八斗才;也赐了一身杀生的骨头!
只望见兵工厂粗大的烟囱,
像一支时代的喇叭吹向天空。

帝国主义的军舰像十月的落叶,
编成一条链子锁住了大江的喉咙,
一个力量动摇了宇宙的老根,
他们怕得发抖,
想用威风扑灭这把火,
镇压住中华民族伟大的灵魂!

大众把生命作了孤注,
为了自己也为了民族,
十万人头在我眼底闪动,
像大海上起了暴风,
简直是疯狂了,
忘了枪弹可以在身上穿洞,
他们呼啸着,舞爪着向租界地涌,
他们要给这个毒疮
出一次最后痛快的脓!

我兴奋得眼泪横流,
跳动的心应和着群众的感情,
看工人粗笨的黑手
斩去电网的篱笆有如斩除心头的恨,
肃森沙袋的脉龙

一齐掀入了大江,
看细沙像一粒粒罪恶的种子
流去了永远看不见的远方!

"不得了,不得了!"外国人抖着嗓子乱嚷,
嚷着挤上了船只,
带着挫了威风的脸子,
一阵风送他们去沪滨,
更送他们
远远地渡过重洋。
(像五更头一声雄鸡,惊坏了幽灵,
没命地奔逃踏着旋风。)

民力的标尺测透了强者的底,
不怕军舰的探海灯半夜里乱伸舌头,
租界的楼头插一杆三色的国旗,
这罪恶的黑窟,神秘的地域,
一朝踏乱了华人的脚迹,
还腾跃着一阵阵胜利的欢喜!

杂色的标语写着方块字,
骄傲地横竖在发亮的墙壁,
一身破烂的工人抱一支枪,
镇压着这个庞大的东西。

四

一条思想的线,
牵来了天下的青年男女,
像一堆杂色的铁片,
投进了两湖这革命的熔炉。

削落了长发——
削落了自私的根,
脱去长衫,穿上二尺半,
我们变成了另一个人。

一条身子配偶了长枪,
同时把心也许给了党,
如山的军令
要把灵魂磨成钢条,
眼皮上,嘴角上,
挂着炸弹一般的标语和口号。
(要知道,那时的标语不是张空纸,
炸弹的口号有爆发的实力。)

军号朦胧中叫我们起床,
不问日子的阴晴,
操场上
纷扰着喝呼的声,

一个命令指挥着我们
在一条革命的线上立正。

军号叫我们进饭厅，
叫我们到床上去闭上眼睛，
也带我们到十万人的会场，
作一个浪花在激动的大海中浮荡。

四壁高墙锁住了人，
用可怕的平凡和琐碎来磨炼我们，
一千个口令改正一个稍息，
三点钟的工夫叫你叠成一床棱角的被子。

六十个人和着枪住在一口屋中，
六十个不同的面孔却做着个同样的梦，
半夜里从被筒里拖出来
叫你去站岗，
不怕夜有多深，
我手里把住一支钢枪。

星星用冷眼瞅人，
月亮给我剪一个壮影，
托起枪来闲拔着正步，
要用步子的尺从黑暗量到天明。

春风吹皱了湖水，

吹绿了柳条,
从我们心上
却吹不起儿女的柔情。
夏天,正午的太阳如逼汗的火,
照我们到野外去练习战争,
歪着头,斜眼瞅着标尺,
一千个枪口瞄准着一个方向。

秋天心上落不下伤感,
朔风吹不透一身单薄,
痛苦在胸中打一个转,
叫信心一点全化成了快乐!

五

三十万大军提调去北征,
把这革命重镇
托给了我们,
托给了武装的民众。

半天里掉下个突然的事变,
背起全副武装,
实上了子弹,
在黄昏朦胧时分,
在民众欢呼声中,
用着急剧的步子,

跳动的心,
实践铁的信念,
我们一齐飞向了战争!

铁皮子火车星空做顶棚,
挂一支枪像森束的林木,
人体打成了横竖的肉壁,
在一尺的见方内大家一齐定了型。

火车的步伐好比牛车,
汽笛勤响它不勤动弹,
看天空的飞月逆着云走,
火车的慢步在人心上磨起了火头。

一夜磨消了路程五十,
车口里吐出来勇敢的战士,
冷风给人打一针兴奋,
身子仿佛在新年的夜里。

听隆隆的大炮绕着云山,
晓雾和战烟搅做一团,
响声成串的是机关枪,
钢枪多过雷雨的密点。

胸中灼火,挺起胸脯,
提着长枪,

我们一齐跑上了火线,
用生命去夺山后的太阳。

看扎翅的大旗向前飘飞,
后边逐着蚁群的大队,
慷慨的冲锋号跟一片杀声,
怒气胀得我的心痛!

看敌人随着枪声仆地,
像七月的高粱倒在大野里,
耳际的枪子像死神的耳语,
猛回头,鲜血模糊了朋友的面目!

像吃人的疯狗红了双眼,
一地死尸点不上一点心寒,
(更不必提那军毯、饭包……
像雨后落花的零乱。)
眼睛在标尺上吊线,
手托着发烧的枪筒,
只顾这一枪不是空发,
不管下一刻白肉开出红花。

草堆里呻吟的同志
向我求救,用了最可怜的哀声,
一边飞跑一边答应,
一口气转走了山岭万重。

向蹄窝里抢一杯污水,
像饮着琼浆,不管小虫在舌面上动转,
铁盒闷了一整天的饭,
不等辨味早已下咽。

铺着绿茵,
盖上蓝天,
在枪声的摇篮里
抱着枪作一霎假眠。

第一次战争我们占了先,
大家又在一个新地方会见,
"唔,他没有死!"笑握住手,
惊奇这次重得到晤面!

古寺的门口招展着大旗,
大殿里倒满了舒适的身子,
听民众的欢呼,听怡神的歌声
在女兵的喉咙中快活地跳动。
咀嚼着慰劳的礼品
有如咀嚼着同胞的心,
一种彻心的感谢,
壮起了下次再战的精神!

在一个夜间,朗月打起了天灯,

照我们作八十里路的夜行,
四围的山上倒泄下古松,
土堤把水田割成了一万方明镜。
静的脚步
不敢惊断成阵的蛙声,
大肚子蚊虫
也咬不醒累倒了的神经。
搜索着,搜索着前进,
只要步子一停,
手中的枪也镇不住
上下眼皮的斗争。

打一身重露,
脚掌上起了大泡,
赶到汀泗桥,
预备在这里把这条命拼掉,
谁想扑了一个大空,
什么时候敌人跑没了踪影。

立在桥头看这自古的天险,
凭吊二十年来
杀身桥下的
三十万无名英雄。

过咸宁,
过蒲圻,

过赤壁，
过嘉鱼，
一脚踏遍了千古的战场，
沿途的民众爱戴我们，
大道两旁断不了壶浆。

一师人马平野中展开，
像一道长虹划破了天空，
"民众武力"的大旗当先，
老幼男女一齐呼着看女兵。

连锁的舳舻刚要靠新堤，
民众的歌声在岸上响起，
提高嗓子大家来和答，
在革命的歌声中我们下了地。

像一群孤儿遇上了亲娘，
我们身边打满了人的围墙，
大人告诉着敌人的万恶，
孩子牵我们去捉迷藏。

我们到处去捉土劣，
宣告罪状得凭女兵的嘴唇，
民众的势力像高涨的潮流，
我们的心紧连着他们的心。

大江岸上我深夜去守卫,
说是对岸就伏着敌人,
脸前的黑凝成了一块,
一伸手就可以叩出声来。

眼扎在对岸,手扳着枪机,
闪亮的萤光有意来逗你,
一鼻孔麦香烧起了饥火,
大江无形有声地吼着!

六

四十日的战争,我们从火线上归来,
是几时的暴雨
把这朵革命的鲜花
打落了色彩?
我们身上卸下了武装,
标语的字句也全变了样,
北伐已取得了中州,
枪杆拨斜了革命的方向。

六月的"××泉"上
作了五千人的护生地,
(天知道这是为了什么!)
太阳的钢刀活活

放倒了八十条身子!

长裙飘走了我们的女兵,
怪剧变换了我们的枪枝,
什么我都明白了,明白
一切都得从头再开始!

大江上飘起一列桅船,
我们一齐跳到了上面,
竹竿点开了地雷的岸崖,
生命这才直起了腰来。

不怕毒烈的太阳,
雨衣做了篷帆,
船面上扎不住寂寞,
这船串起了那船的歌。

老天半途里洒下了泪雨,
(是在吊人生
漩入了阴影?)
风力诱得江潮狂颠,
革命的歌声追着风雨响起,
狂风暴雨追着革命的壮士!

浔阳的暗影迎着眼明,
心锚早已放开了长绳,

解放下背上的书、肩上的枪,
(这一对的配合
才诞生了革命)
科仑布发现了新大陆一样。

船口刚要吻着岸口,
当中隔一条水的舌头,
提高了脚步一齐要腾飞,
一声"缴械!"半空里长满了半截的木腿!

希望的火苗上泼一盆冷水,
一刻的死灭,醒过来更猛的火头,
毒骂辣破嘴唇,
枪杆捣得船身乱抖,
江面上一时纷落下纸叶,
怒浪把革命的种子漂去五洲。

岸上的枪林向我们长,
心垂下了头,一想到自己手中的破枪,
照我们登岸的是
一万注羞人的眼光,
是西南天空的一钩残月。

一座庄严的大教堂守着个静,
十字架托着黄昏的朦胧,
大庭院是"主"的世界,

低压的树枝像圣手,
垂拂着没膝的香草,
垂拂着我们钢硬的头。

我幻想着:一刻钟以后,
一面机关枪向着一排人张开毒口,
一阵声响,拉倒了肉体,
叛逆的灵魂永久直立!

穿过九曲的小道给人送下枪,
先去后来的摩肩在黝黑的小巷,
脚步拖沓着悲哀的地皮,看不清面目,
只听见一声声如怨如诉的啜泣。

我幻想的花没有结实,
缴枪又发枪,
枪支仅拒了少数的分子,
变卖了雨衣,
拢来了朋友们的金钱,
顺了他们指示的方向,
在一个民家换上了乔装。

为了革命我们连起翅来飞,
为了革命我两人北归,
大家的肩头上有同样的重量,
一片豪语面对着大江!

微雨濛濛中偷眼送他们向南，
微雨濛濛中我们踏上了江船，
船面上尽是些衣不称身的人，
强作不识，暗笑着额上的一线白纹。

伤心两岸的景色回忆着来时，
恨不是托身孤舟漂在大海里，
一个关卡是一道鬼门关，
心中暗把生命分做若干段。

一次拢岸
像陪一场斩，
脚踏上了沪渎，
像踏入了绝途！

一眼陌生，腰间又断了钱根，
一列楼台里哪能留人？
六月天，深色的长衫
招来了可怕的眼，
一切都可怕，
这里活跃着正义的反面！

七

家里的灯火昨夜可曾开花？

今午,七月的太阳照我到家,
一声问安定住了祖父,
停一刻,眼睛才开始
从崚嶒的骨锋上
去想当年那一副面庞。

深宵里,家人的语丝
像滴打的秋雨,
续了又断,
断了又续。
是在梦中?小灯照我看祖父新的白发,
看老人眼皮包不住的眼珠,
一点什么发着亮光,
从合不紧的眼缝中渗出。

放下武器,像揭去了生命的符子,
病魔爱上了我的纤弱,
耳中给箝上两曲蝉鸣,
一只手掣着我的心跳。
怕声响的铁锤敲断我游丝的神经,
太阳底下我看见鬼魂,
天呵,给我力量,
我自己关不住哭笑的门!

北方这时正当临明前的那一阵黑,
黑得可怕,

然而黑暗已裂开了大缝,
只须横扫的一注暴风。

为播革命的种子,
换身衣服我深入民间,
油灯下,看给我的话头
点亮的那一列黑脸!

"民间的人我们是弟兄,
在旗子下列起队伍!"
拳头一齐飞向半空,
齐喊一声"在旗子下列起队伍"!

永久忘不了这个日子,端阳的前夜,
新婚的爱侣还没脱去红装,
二十支枪扎住了宅子的四角,
天遣老媪把消息透到东房,
慌张的样子早点透了我预感的心,
不须她开口,四尺墙头早跳走了人。

荒远的山村另有个世界,
远近的峰头像八月的巧云,
野花无名,绿林里
有叫不断的鸟声。
河水是一道明媚的眼,
岸上的浣女是一道更媚的眉毛,

这世外的桃源留不住我,
我将去碰开陌生的远道。

换一身衣服,换一个姓名,
东海送我到天涯去飘零,
沈阳有情留我暂住,
身子插进了乡亲的队伍,
他们卖菜不让我去,
留我守着一屋空虚,
出门头上给盖一顶竹笠,
还嘱咐着说:"什么事在这里也不关乎"①!

隔一道竹篱向邻女借半条铅笔,
在膝盖的桌子上草好家书,
说一片隐语,落一个假名,
抑住心跳投进了邮筒。

天际的西风吹来了家庭的专使,
衣缝里拆出来祖父的手迹:
"十年以内勿作家书,
在外珍重自己的身子,
天涯埋头务求严密,
勿学小儿思家的哭泣!……"

---

① 不要紧之意。

一封信冲我又是千百里,
火车一程,水路一程,
一程一程孤身向天涯,
依兰截断了我的远征。

看松花江串起撼人灵魂的大野,
看芦花向青天扔开了白发,
到此谁不展开心眼,
叹造化的神工,叹一声这个民族的伟大!

用镀假的话头
瞒过了一位长辈的族人,
这才算寻着了饭店,
但又愁着无处安身。

冷风凄雨送我十里,
送我到江干
一家切面铺里
去伴一位卖卜的先生睡眠。
他高兴给我送上一卦,
心虚使我报个假的生辰,
捻着长须聚起眉峰:
"你这贵人,怎么八字
却犯了杀星?!"

后窗子背起一家野店,

杂色的人群散布着微菌，
半夜里的淫语狎声，
把我从梦里拉醒。

脱下清晨，披起黄昏，
一个影子随我的身，
对外人说是自己这里有家，
到了家自己却变成了外人！

每次我低头走过小巷，
板门中伸出些妖精头来，
她们向我笑；我想向她们哭，
可是喉咙却又放不开。

白天没事替邻女写艳昵的情书，
下笔想起了自己的爱侣，
我曾放出相思的鸟，
但茫茫的云霄迷了它的去路。

受命每天习蝇头小楷，
说一笔好字可以换个饭碗来；
放下笔管我一人踱到江边，
叫青山白水把心从愁里引开。

八月的朔风飘来雪花，
八月的身子摸不到棉花！

法院的公案钉住了我,
叫我听节奏的铐镣声,
叫我笔下的黑墨
爬出些囚犯的罪名。
(要是你愿意,我这时还可以背起
一个个成串的白俄人的名字。)

白天,听一位法官
鲜叶活枝地
说武昌裸体游行的故事,
这个嘴角里填进去九鲜水饺,
那个嘴角外挤出的巧话成套:
"了不得,过四十的杀!
在官巷里的杀!
有三十块钱的人
脑袋就得和脖子分家!"
夜里紧锁住梦里的口,
我欣喜,革命的风已吹到了塞外的秋。

八

二次到家没赶上祖父最后的一口气,
听家人哭着说我给他造成的死,
望着死面我用心哀求,
哀求过来的祖父饶恕革命的孙子。

朋友们的家属闻风赶来,
向我立追他们的消息,
疯了的母亲拿我当仇敌,
抓住我交出她的儿子!
忍住心痛,我用口
吹给朋友们个生命的根芽,
然而我明白,炮火已把他们的白骨
销毁在不同的天涯!
(他们是无恨了,骨灰
会培育出希望的鲜花。)

看痴心的慈亲烧起长命香,
问菩萨,问灯官娘娘,
挑起儿子穿旧了的衣服,
凭着乳名到处遥呼。

红装的少妇恨死无情的丈夫,
日子画乱了心的墙壁,
春来倚一树桃花,
凝眸向着天涯的路。

像一匹战马经过了一千场战争,
身上的汗珠一片放明,
像一个星球摔开了轨道,
革命的队伍里我失了踪。

七年的蛰伏磨去我的锋棱,
心上常响着二月的雷鸣,
一千句谎盖不住一个事实,
黑暗磨亮了我的眼睛。

当年的口号倒成了促死的咒,
期票过时把它作废纸,
眼看一些人的骨架,
做了另一些人登云的天梯。

世纪末的征候
一天一天地明显,
多少人喊着酒,喊着女人,
掣住自私的绳索
拼命地打着秋千,
只要一闭眼那阵迷醉,
不管太阳照不照明天。

有的不敢面对现实,
钻进故纸做一条吃书的虫子,
也有的卖弄风情若无其事,
在世纪的尾巴上缀一个角色。

我看见穷苦的庄稼汉
在地狱里滚着油锅,
一只无形的大手

扼死了他们的生命线。
弱者的脂膏
润红了强者的双腮,
五千年来的农村
表演了第一次的大破产!

人祸不够,
双管齐下又来了天灾,
长江大河泛滥了洪水,
要把宇宙重新洗白,
贪婪的大口吞没了庄村,
吞没了肥田,千万人结成大队
散向天涯去碰生死的门!

旱魃却也不让蛟龙独擅威风,
它也主有了半个天空,
笑看平地裂开龟纹,
看农人一把心头的火
放上了一坡没望的田禾!

经济恐慌的急流
漩倒了都市的荣华,
大减价的幌子像降旗
插在每一个商家,
支不住门面,报不下歇业,
放起一炷内穿的火把!

工厂也闭上口
停止了气喘,
奴隶们的血汗
再也变不成金钱!

我看见一些人为了一个信念,
等时间磨断手上的铁链,
忍着刺心的侮诟,
从一片玻璃里望着明天!

我看见一支人马
像一支火鞭,
带着光,带着响——
时代的风正助长着它的烈焰!

我用双指去按世界的脉络,
听白热焙出的呓语,
宇宙整个儿烧得烫手,
我知道,它在害着"一九三六"的症候。

看列国,谁也不肯示弱,
争着放飞机去剪块天空,
在炮口的大小上变着脸较量,
谁也不肯居在下风!

把军舰的鱼群放下大洋,

飘着国旗它瞪一身骄傲的眼睛,
霸占住深邃的良港,
没事也来回地抖抖威风!

拿破仑复活了,
迎风一抖,化成无数的灵魂,
在两样时代里
它附上了一群招邪的人身。
于是,他们便发起癫疯,
坐在云彩眼里表演英雄,
口中喷出硫磺的气味,
大声向着全世界示威!

他们一只手捺住脚下的民众,
一只手摇着小旗,
摆开个人的队伍
开向海外的殖民地。

为了壮起个人的神色,
不惜把世界化成炮灰,
为了骨头上的一点残红,
藏起了理性,忘了几千年攒来的这份文明,
毫不顾惜,要把全人类的命运
做一条断线的风筝!

几时听见大气曾吹倒过人?

炮口也没法吓唬住正义,
飞机、大炮、坦克车、兵舰——
意大利的军库全副展览,
然而阿比西尼亚起来了,一点也不含糊,
在这些武器的面前
一点也不打战!

阿王誓师的时候,
用了怎样的一只手去击鼙鼓?
它发出了愤怒的雷霆,
它发出了自由的金声,
阿王手下的这一声鼙鼓,
敲醒了全世界上的弱小民族!

阿王和着他的官员,
同席吃起决心的战饭:
用钢刀剁下整块的肉,
用白刃挑进了血盆的大口!
这时候,君臣心窝里烧一把火,
民族的自由,自尊的心,
合纠成一条钢条
撑起了阿国不屈的国魂!
他忘了把自己的土地捏成弹丸,
也塞不住敌人的炮眼,
他忘了用理智的尺度
量一下文化的高低和势力的长短!

几个月来,阿国的民气和血肉,
坠平了战神手中的天平,
意人的大话减了分量,
这一炷火亮起了正义的金光!

埃及这块踏脚的石头,
也忽然翻起了身子,
民众用血,用大手,
擎去颈上的铁链大呼要自由!

掉回头来看看自己:
把半个天下
几千万人民
做一片甜饼,
惹出了敌人更大的馋心!
隔着长城伸过来大手,
可怜中原这一块肥肉!
天空撤去了防卫的篱笆,
任人的飞机排成蜻蜓,
港口大陆挡不住人立脚,
小的是自己的志气,大的是人家的威风!

洗磨净商鼎周彝,
看一看上面写着的字迹,
看一看中华民族的文化,
五千年前已开了灿烂的鲜花。

河马出图,凤凰栖在百尺的梧桐,
这智慧的源流多耐人寻思,
第一次造字惹出了神鬼的哭泣,
智慧的金钩挑破了宇宙的神秘。

翻开史书打上眼往前再看,
看有巢氏,燧人氏……
看见了神农
人类才看见了粮食。
看大禹磨薄了脚掌,
凿开龙门,抚顺了洪水,
才有一片干土
让我们的祖先盖上房屋。
看文王几次的流转迁移,
才把黄河流域撒上了文化的种子。
再看荆蛮百越的地带,
蒙古满洲的边疆,
几多的汗,几多的血,
才开熟了这片片远荒,
四万万人民,
九百六十万平方公里的地面,
这宝贵的家珍
做了多少帝王的私产,
"双十"的红血这才把个民主的名义
写给了天下的人。

但是今天,民众白红着眼,赤手空拳,
看"三一八"、"五卅"、"九一八"、"一二八"惊心的事变,
看领土扎上了翅膀,
看民族的面颊给人批得火红,
容忍,容忍,一千个容忍,
刀尖也测不透暮气的浅深!

头顶上火冒三尺!
不甘心伏首做人家的奴隶,
长白山下的义士
把森林做了家,抱一支枪
在孤绝中厮杀,
我只见他们在生死的路上出没,
可有谁给他们一点援助?

三百万军队吃着老百姓,
何不御敌开向边疆?
天知道到底为了什么,
反把枪口转了方向!

冰筒封紧的思想,
遏不住的民族意识,
一齐舒发起来了,
像久结的层冰见到了毒烈的太阳!

听谁在百尺谯楼

撞起了警钟?
看民族的火把
彻天地通红!
抱起迎风的大纛
高喊着自由,
先觉的青年
做了急进的先锋。
大刀也砍不断这口壮气,
死都不怕,
还怕冷水浇顶,
冷水给开一身冰花!

手掣住手,心靠近心,
悲壮的感情
传染了人群,
是时候了,
大家已经站起身来,
不做任谁的奴隶,
要做一个人!

时代的手掣动了
我颈上小的圈子,
几年来
平淡的茶饭
涨大了肚皮
却饿瘦了灵魂!

今夜,古城的枕头上
我再也合不上眼,
听四面八方的吼声,
呼喊我再起来!

1935年11月16日写起
12月10日写成
1936年1月19日修补

依旧是春天
——感时

什么也没有过的一样。
一万条太阳的金辐
撑起了一把天蓝伞,
懒又静地
笼上了人间的春天。

什么也没有过的一样。
看春水那份柔情,
柳条撒开了长鞭,
东风留下了燕子的歌,
碧草依旧直绿到塞边。

1936 年 4 月 20 日于临清

喇叭的喉咙

——吊鲁迅先生

让我对你免去一些
腐烂的比拟,那太空洞,
你是个"人",有血有肉,
有一条透亮的思想络住心胸,
你是大勇,你敢用
铁头颅去硬碰人生!

潮流的急湍
漩倒了多少精英,
像流沙被卷上了滩,
活尸里摔死了魂灵;
你是一尊孤岛崛立在中流,
永远清苦地披一身时代的风。

你呐喊,用喇叭的喉咙,
给彷徨的人心吹上奋勇,
你拿笔杆当匕首用:
用它去剥出黑暗的核心,

用它去划清友敌的界线,
用它去剜断黑暗的老根!

死的手在你胸口上压一座泰山,
死的消息怔住了一刻的时间,
一刻过后,才听见了哭声,
暗笑的也有,
笑由他,哭也是无用,
死的是肉体,
你的精神已向大众心底去投生!

1936 年 11 月 4 日灯下

谁 在 叫 你

"中华的男儿!"
听,谁在叫你?
当你正忙抽丝
要缚住自己。

"中华的男儿!"
听,谁在叫你?
有人用血在写历史,
而你的日子却是张白纸。

     1936年12月1日灯下

刑　　场

背起一道古城墙，
做面阴暗的屏障，
脸前安排好一行衰柳
去挂住夕阳。

横列的坟丛，
簪一身草黄，
亲近得像弟兄，
彼此挽着胳膊。

过清明，过中元，
坟前不见一片纸钱，
不曾有人来此凭吊，
朝夕鸦阵扇黑了天。

黑夜落下柳岸的寒塘，
萤火引群鬼去话凄凉，
一肚子逆气永不消散，
破嗓齐喊"再过二十年！"

1937 年 1 月 15 日于山东临清

年 关 雪

雪给青麦
盖厚被一身,
把丰年的证帖写给了农人,
雪迷了蛛网似的路线,
他乡的客子叹起行路难。

雪,压弱了穷人屋顶的炊烟,
撒一道拦门的白灰①,
放愁债人一丝心宽;
门前踏乱了要账人的脚印,
雪也锁不紧要命的年关。

1937 年 1 月 27 日于山东临清

---

① 流俗以拦门灰可以挡鬼。

生命的抓手

朋友,你知道你做了错事?
比杀一个人还惨,
你知道你的好意做成了钢刀
支解了我生命的全体!

"向典籍里去挖掘智慧,
先放松一下你的诗!"
我们的心间有太远的距离,
话这样说,那怎么了得!

我不敢那样狂妄,
用"断烂朝报"把经史抹死,
向故纸我曾伸过饿手,
它给我的往往是一把糠秕!
圣贤的金言
在我的耳中已经喑哑,
把书斋做宇宙,
我没有那份安静与闲暇。

不怕你笑我太土俗,
我没有好古的雅癖,
永爱不上出土古钱
身上的那层腐绿。

最恶心强把骨董
翻成时髦,
用一只大手
向天下作贵价的推销。

我刻刻追求清新:
我向阴天要太阳,
向暗夜要火把,
向残冬追迫阳春。

我不愿拿书本做砖头
去敲开金玉的门,
这时代,多数人跌在"地下",
我不忍独个儿向天上爬!

读了陶潜,读了王维,
读他们一千个名句,
不如我踏雪看青山,
像对着一面灵魂的镜子。

我知道你还要提,提屈原,提杜甫,

或是使历史放光的另一堆名字。
他们精神的光辉,
传递智慧火把的大手,
确曾亮过我的胸,
撼过我的心,
然而却不那么厉害,
像现实手册上的一页血书!

我过来的路,真长,真陡,
像前脚踏上了"南天门"
回头望后脚引起的那千层石级
似乱耸的鱼鳞!

人生的活动像抽鞭,
一声响,一闪光,
一堆影子,
缠在你的心上!

不敢转回头,我向着前面追,
抓着多刺的荆棘,
一抓一把血,彻心痛,
按着创口,心想:这就是人生!

我不含糊,在一点动作上
我放入整个的灵魂,
我学不来虚矫,

心是块璞玉又柔又温。
因此,我爱农夫的脸,
我爱闻田野的土味,
我爱乡村里所有的人。

用高贵篱笆
围住自己的风雅人,
我无法对他们解说自己,
思想的铁壁隔绝了心和心!

而今,生活圈我在这一间土室,
我不甘心,
我永不低头
去跨过命运!

天下人都在一阵风前倒了,
我要守住"定盘星",
抱住个思想的孤子
宁死在孤寞中。

黑夜在床板上,
坚厚的黑暗的模型扣住了我,
我发狂,我呼喊求援,
我死也要做个光明的胚!

梦也常是黑色:

乌鸦展开车轮的翅,
扇得我冰冷,叫得我心慌,
我粗喘着逃跑,
半天一回头,
头上又压下了
它黑的翅膀!

我的悲欢已全告诉了你,
朋友,悲欢是活水,
思想的涌流
也不能用土去壅死!
为了要活得带点声色,
像兵士握住枪筒,
像农人把住锄头,
我把自己整个儿溶入了诗中。
要听我的心声
你可以按它黑白的键,
音流是我的血,我的泪,
我生命的源泉。
明白了这,你便不该恨我,
恨我把你的良言
乱比做钢刀,
它可以截断我生命的抓手。

1937 年 3 月 12 日

第 二 辑

我们要抗战

战争是可怕的吗?
否!四万万人都眼巴着它,
一心欢喜,
欢迎着战争——
我们翻身的日子!
在和平女神的笑靥下,
我们脸上涂了一寸厚的耻辱!
为了和平,
我们绷紧的心弦,
几次地松了又松!
让大好的关山,
让肥沃的土地,
逐着后退的脚跟
陷落到敌人的手里。
东北几千万同胞,
从此被祖国推开了怀抱,
都成了可怜的孤子
撇到毒狠的继母的手底!
谁曾听到他们暗夜的哭泣?

谁曾看到他们被残害的血迹？
还有他们的呻吟
怨嗟和痛恨？
他们的心像鲜亮的小旗
向祖国遥摆，
没人应答；中原正躺在血的泊里。
东北、热河，中原御寒的外衣，
被凶恶的刀尖挑去，全不费力；
拔去了长城的篱笆，
敌人向中原撒开了马蹄。
层层剥蕉，
刀尖刺入了中华的心腑，
高抬着头，拿我们当猪宰，
眼中竟无一个中华男儿！
北平，中华文化的结晶体，
五百年坐镇北边，
一线驼铃串起漠北，
水旱大道的脉络向四方密散，
而今，敌机成队
在它的头顶怪叫，
再加上炮火开花，
毒气播送着云烟。
什么都准备个停当：
巨舰的链子锁住海口，
军队的棋子
安放到恰好的地方，

准备好了一切,
势焰吹成了气泡,
然后向我们就天要价,
要我们燕赵之地
和东北结成苦难的兄弟。
迫我们走窄道,
入死窟窿,
他好得意地笑着
又把一块肥肉塞入了口中。
干柴上点火,
(中华的人心是待燃的干柴)
敌人把我们推入了战争。
我们再不空口讲正义,
正义永远握在强者的手里,
我们要用枪炮的毒口去碰毒口,
我们要用鲜血去涂成"真理"的名字!
我们要用八万万只手
去割开敌人的心头的毒疮,
不让它再向外溃化,
我们要用四万万条身子,
筑一道防卫祖国的围墙!
活,要立起身子来带响地活,
死后尸体也要交横在一起!
我们爱和平,
然而今天我们却欢迎战争!
谁不喜欢乡村的静景?

谁不爱自己温暖的家庭？
春天，绿树张伞到处迎人，
绿水绕起青山，
一片平原像贞静的处女，
专等农夫来撒下种子；
长夏，树荫下一晌午觉，
孩子们闲看蚂蚁上树，
一群苍蝇逗着黄牛，
它一劲乱摇尾巴的刷子；
秋日的峰头挂起白云，
冬天炕头上那点温存，
是美，是静，是一潭深水，
我们的家，我们的乡村！
我们的都会何尝是平凡？
谁个不知道，济南潇洒似江南？
武汉三镇在历史的叶子上响，
金陵永远在人心里放着金光，
天府的四川，成都的故事谁不知道？
长沙岳阳叫人起多少神秘的幻想！
沪渎的楼台是一天可以造成？
古长安至今还巍立着
黄帝的坟茔！
我们的乡村呵，美的化身，
决不让她任人奸淫！
古井的辘轳边决不让敌人来饮马！
决不让敌人的脚尖

踏着祖宗的坟头
把我们的河山当画图看!
我们的热炕头
不能让敌人躺在上面打鼾!
不能让妻子的手臂,
套上异种人的手腕!
不能让新的市场,历史上的都会,
打上倭奴耻辱的脚印!
不让,决不让!
除非我们全体都死亡!
我们的日子像一局棋,
敌人一手来把它搅乱,
若不斩断那只毒手,
我们的生命不会安全!
学者们呵!
把身子移开那一堆故纸吧!
而今的真理已不在故纸上!
诗人们呵!
请放开你们的喉咙,
除了高唱战歌,
你们的诗句将哑然无声!
围在"阿堵物"间的人们呵!
请大量地输出你的金元,
祖国如沦亡,
金钱还不像把土一样!
对对的情侣们呵!

请放开你们爱人的胳膊。
战神正唱着恋曲,
去,快去贴紧她的胸膛!
工人、农民呵,
快伸开粗大的手吧,
祖国正用着你们!
中华的好男儿,有口都狂喊
敌人的罪恶吧!
中华的好男儿!
我们要下上所有的生命
和敌人赌这次最后的输赢!

1937 年 7 月 29 日午

从 军 行
——送珙弟入游击队

今夜,灯光格外亲人,
我们对着它说话,
对着它发呆,
它把我们的影子列成了一排。

为什么你低垂了头,
是在抽回忆的丝?
在咀嚼妈妈的话,
当离家的前夕?

忽然你眉头上叠起了皱纹,
一条皱纹划一道长恨!
我知道,你在恨敌人的手
撕碎了故乡田园的图画,
你在恨敌人的手
拆散了我们温暖的家。

大时代的弓弦

正等待年轻的臂力,
今夜,有灯火作证,
为祖国你许下了这条身子。

明天,灰色的戎装,
会装扮得你更英爽,
你的铁肩头
将压上一支钢枪。
今后,
不用愁用武无地,
敌人到处,
便是你的战场。

1937 年 12 月 11 日

别 长 安

长安城,
多少年
你呼唤我,
用一缕缥缈的呼声。

长安城,
你坐镇西北的伟大神灵!
在想象里你古老,
哪知道你和我一样年轻。

天上的黄河
引来右手
做你护身的天堑,
压一座潼关
在风陵渡头,
只须一夫去把守。

陇海路——
你铁的动脉,

从东海注来,
向西北流走。
(像是中原伸出的胳膊,
去和绿西亚亲密地握手。)

挺立在身后
西岳华山,
像一个精灵
听候着你的呼唤。

陕北,
你身旁最神秘的部分,
太阳挂在它的头上,
黑暗在那里扎不住根。

长安城,
相对八天
便向你伸出告别的手,
太匆匆!
没有诗意
去寻太白的醉卧处;
没有幽情
去访贞妇的寒窑,
和挂满了别绪的古坝桥。

黄帝的墓陵

该有参天的松柏,
我没有去参拜,
留一个神圣的影子在心中。

长安城,
你问我匆匆何处去?
我要去从军,到铜山,
因为那里最接近敌人。

     1938 年 1 月 2 日

换 上 了 戎 装

脱掉长衫,
换上了戎装,
我的生命
另变了一个模样。

穿起同样的戎装,
手握一支枪,
在"一九二七"的大潮流中,
做过猛烈的激荡。

从什么时候起,
我被握在平凡的掌心,
生活的钝刀
锯断了我十个年头的青春。

鱼龙困在涸辙中,
你可以想,
它是怎样渴望
壮阔的涛浪

把它带到
浩瀚的大洋!

我不能再不动,
四面一片时代的呼声!
敌人的炮火
粉碎了我们的河山,
也粉碎了我们身上的铐镣,
叫起了我们那四万万五千万。

我没有拜伦的彩笔,
我没有裴多斐的喉咙,
为了民族解放的战争,
我却有着同样的热情。

我甘愿掷上这条身子,
掷上一切,
去赢最后胜利的
那一份光荣。

1938 年 1 月 16 日

伟 大 的 交 响

我永远不能遗忘，
不能遗忘，
当我们的列车
停留在
郑州站东
不远的一个地方。
黄昏已撒下朦胧的黑网，
大地上一片冷的雪光。
哪儿飞来的歌声
碰得我们的耳鼓微响？
那声音叫玻璃窗缝
挤得低弱而渺茫。
我们的男女歌手
听了歌声喉咙便发痒，
我们飞步出了车厢，
两条腿像一双翅膀。
我们把紧铁栏
身子探出老长，
听出了

那是救亡的歌,
清脆,激昂,
公安局门口
一群孩子在唱。
他们的小嘴
叫开了一个个车窗,
歌声
像火把,
燃烧着
每个听众的胸膛。
一列头颅探出了窗外,
一千张大嘴一闭一张。
救亡的洪流
撼摇得地动,
救亡的洪流
激荡得人心痛,
救亡的洪流
温暖了三九的严冬。
你一个电筒,
我一个电筒,
给公安局门前的黑影
穿上了无数光明的窟窿。
我们招手,
我们呼喊,
歌声把孩子们
拖到了我们的跟前。

他们不停地唱,
我们不停地唱,
旁观的老幼
不再彷徨,
过路的人们
也停下步子放开了粗腔。
救亡的情感像沸水,
使大家全都变成了疯狂!
这声音比敌人的炸弹更响,
这声音像爆裂的火山一样,
这救亡的歌声将响彻全国,
挂在每个中国人的嘴上。
谁敢说堂堂的中华会灭亡?
盲目才辨不清前面的明光,
倭奴的寿命不会久长,
请看看脸前这伟大的力量!
我们唱《松花江上》,
多少人想起了自己
已经失去了的
美丽的故乡。
我们唱《大刀进行曲》,
"冲呵,冲呵,"连珠几响,
仿佛敌人的头颅
落在我们脸前的地上!
我们唱《义勇军进行曲》,
我们自己也变成了一员战将。

指挥者的手势
像激流中的双桨,
大家口中的音流
是狂风暴雨的合奏。
我们唱,
大家一个口,
一个心,
一个声响。
我们唱,
悲壮的热泪
冲出了眼眶。
我们唱,
电筒像我们的舌头
舐在每个孩子的脸上。
他们的脸
笼着汗雾,
他们的脸
放射出兴奋的红光。
他们的血
为祖国在澎湃,
从他们的脸上
可以去辨认黄帝的模样。
他们更走近了一步,
近到这样,
我们的手
可以抚到他们的头上。

"我们的爸爸是工人,
我们的学校属豫丰纱厂,
先生,请开好你们的住处,
几时来约我们打鬼子去?"
"打倒日本帝国主义!"
一个孩子鼓粗了脖子狂喊,
"打倒日本帝国主义!"
大家的反响霹雳震天!
列车动了,
拖着一厢救亡的热情,
孩子们逐着车赶,
小手举向天空。
列车的快步
丢下了我们的孩子,
只听见他们的歌声,
追着我们的歌声——
一团火的救亡热情,
追一团火的救亡热情。

     1938 年 1 月 22 日于信阳军次

鞭梢上的人们

二月天杨柳撒开了绿鞭,
鞭梢上挂搭着一串脊梁,
饥火销尽了一身的骨肉,
看来是那么没有分量。

柳梢一阵刷刷的响,
像蚕堆里撒一把嫩桑,
饿荒了树叶也可以当饭,
把一个青春剥成了冬天!

饥火销尽了骨肉,
青春剥成了冬天,
这反常的变态,
怎不令人心寒悽哀!

1938 年

血 的 春 天

东风曳我登上城垣，
阳光把棉的戎装孕满，
死水上亮着一万只金眼，
柳条又给牵来了春天。
春光在逗人——
春光里我却感不到温暖，
我向无际的原野骋目，
到处是烽火，到处是狼烟。
谁有心去看纸鸢比高？
谁有心去看野马奔跑？
伤怀的记忆不让它抬头，
我的心在听候着战神的呼唤！
在北国，
在中原，
敌人脚踏的地方
已经没有了春天！
泰岱锁起了眉峰，
大河板起了黄脸，
一把复仇的火苗

追起东风,
燃烧在原野,
燃烧在黄帝子孙的心间。
在我们的故乡,
往年这日子,
绿草正着意
去绣大地,
柳眼替我们
看守着村庄,
庄稼人都牵着老牛
在田野里忙。
滴一滴汗到泥土里,
大地是我们的母亲!
(五千年的历史便是证人)
饮着她的乳浆,
靠着她的胸膛,
一代一代的子孙,
延续到无疆。
而今,催耕鸟
到处叫喊,
在我们的故乡呵,
已经没有人走向田间。
他们在流亡,
他们在离散,
凌辱与死亡
已和他们结成了侣伴。

铁鸟是春天的燕子,
炮声是二月的雷鸣,
敌人一手
把青春翻做严冬。
我们要用炮火
夺回温暖的春天!
不能叫大地的母体
碎尸万段!
我们的血战
已展开在北国,
在南天,
在长城外,
在长白山前。
一阵阵腥风,
一声声嘶喊,
在战争中
抖颤着一个血的春天!
抗战!抗战!
将敌人的脚跟,
从我们的国土上斩断,
那时候,我们携手踏回故园,
看一看鲜血染红的春花,
看一看门前的青山,
洒一把泪——
是辛酸也是喜欢。
那时候的春风

将多么畅快,
从中原的地面
吹向关东,
吹向塞外,
无半点遮拦。

　　　　　　1938年3月2日

别　潢　川

——赠青年战友们

去了，我驮起
悲壮的感情，
它过重的分量
压得我心痛。
临去我回头望一望"沙河"，
水浪曳动轻舟，
三五匹战马
在饮着清流。
河水它会永远记得，
记得我投给它的眼波，
记得救亡歌声
给它的激动。
白金粒的沙滩，
像一个静的梦境，
上面印着我们的脚迹
和武装的身影。
残破的城垣，
多少次我登在上面，

一片原野引我的心
到战场,
到故乡,
到遥远遥远我所系念的地方。
我的感情染上了鹅黄的柳条,
染上了萌动的小草,
同着春色
染遍了无际的青郊。
五千年轻人
失去了家园,
五千个胸膛里
挂一副铁的肝胆。
为了祖国,
把生活浸在苦辛中,
为了抗战,
甘愿把身子供作牺牲。
女的是姊妹,
男的是弟兄,
立脚在一条战线上,
我们一点也不陌生。
我要去了,
到漠漠的西北去看风沙,
去认识一个新的世界,
使自己的生命重新萌芽。
也许会到战场上去
面对着血肉的现实,

叫自己的心
受炮火的洗礼。
战神一手
把人间的关系搅乱,
待将来,
再给它一个新的安排。
赠别不须眼泪,
我们都还年轻,
一齐挺起腰来
去拉大时代的纤绳。
将来再碰到时,
用欢喜的泪
去庆祖国的新生,
无妨用长长的话头
细数个人
那一段苦斗的历程。

      1938 年 3 月底于潢川

武汉,我重见到你

十年流光,
我揭过去
一张空白纸,
满地烽烟,
今天,
我重来见你。
不须登上黄鹤楼
去作人事的沧桑感,
不须对着江上的浮云
叹刍狗的变幻。
我重来,
不是为了好风光:
暮春三月的江南天,
"杂花生树,
莺飞草长。"
在故都,
我亲眼看过卢沟桥的烽火,
一千个险关
我亲身渡过,

到铜山,到西安,
流亡中
我看过了多少悲剧的扮演。
终于我穿上了戎装,
参加了抗战,
把微力做一个浪花
去推波助澜。
武汉,
你中华新生的萌芽点,
辛亥革命,
北伐成功,
你的名字
永远是光荣。
这次从前方来,
我怀着一个梦,
你比"一九二七"
一定更健雄,
更伟大,
更兴奋,
更年轻。
然而,再好的梦
也搁不起事实的一击,
我伤心又愤怒,
对着眼前这一堆影子。
密挤的高楼
填满了当年的空地,

柏油漆亮了石子路,
流线型汽车在上面疾驰。
从人们的脸上
我找不出紧张,
熙熙攘攘,
一片太平的景象。
舞场的灯红,
(前线上有战士的血腥!)
夜半的歌声,
(前线上嘶喊着冲锋!)
酒楼茶社里
热烈欢腾,
(多少地方沸腾着救亡的热情!)
逐着声,
逐着色,
逐着享乐的梦,
糜烂在残蚀着有用的生命!
又有多少人
把你的胸膛
暂作了避难的屏障,
烽火闪到跟前,
他们便撇开你
另去寻世外的桃源。
武汉,
抖一抖身子站起来,
抖去一身的腐臭和颓靡,

"一九二七"的壮烈,
你还该清楚地记得。
高举你的大手,
招起广大的人民大众,
放开你的喉咙,
唤起救亡的热情,
大时代的洪流
已荡近了你,
起来,
给祖国再造一个新生!

1938年4月1日

兵车向前方开

耕破黑夜,
又驰去白日,
赴敌几千里外,
挟一天风沙,
兵车向前方开。

兵车向前方开。
炮口在笑,
壮士在高歌,
风萧萧,
鬃影在风里飘。

1938年4月23日于赴汉口车中

匕 首 颂

——赠鲁夫

匕首一柄,
三寸长,
铁的鞘子
涵着冷光。

你抚摩着它发笑,
像抚摩着自己的心爱,
它是一个雄心,
在沉默中等待。

你枕着它睡,
枕着它做梦,
梦里的天空,
掣起来一道长虹。

它在饥饿中哭泣,
它需要红的血水,
它要试一下自己的锋锐,

当敌人在五步以内。

1938年8月于商城

大 别 山

一脚踏进大别山,
远近岗峦的锯齿,
把一面青天
锯裂得破烂不堪,
眼光投出去,
山头又给碰回来,
使人追念起
一眼横扫千里的平川。
日月从石头上出没,
天地把人心挤得放不宽,
青峰随意乱排起阵势,
峭壁要耸耸身子飞上天。
水色不让山光姣好,
把媚眼的瀑布挂在山腰,
流泉到处卖弄清响,
把石子冲洗得光滑剔亮。
豺狼雄踞在当路,
公然怒目向着客子,
它号叫带着骄傲,

人的发尖根根竖起。
千百种颜色的花草，
向你的眼睛争宠，
你却叫不出
它们的名，
翡翠有意
显她的美丽，
天鹅守着清流
在作超逸的幽思。
风前听松涛，
看眉月山间照，
拿破仑的雄心，
这时也会作片刻的动摇。
暗夜星光下，
峰头像鬼怪扑来，
湍流助着它的声势，
使你的灵魂无法不战栗。
山里的人民
像顽石，
顶起生活——
一个坚苦的壳子，
青石的篱笆
高不可拔，
把外面的世界，
远远地推拒开。
山涧的清流

入肠化作铁血,
山岩让出的土条
人们赖着生活,
用斧头,
用钢刀,
结队成群,
到山林里去采樵,
一条扁担压上肩,
真个是"山松野草带花挑"。
肩上揉去了皮,
带油的松枝烧别人的锅底,
一天的劳力,
填不满一天的肚皮。
白云给群山披纱,
树梢上落满了残照,
暴雨在空谷激响,
大雪吞没了山腰。
这景色,
只可以去沉醉诗人,
在他们心间
已唤不起清新。
死守着祖宗的法则,
生活放不出辉光,
时光一年一年流走,
他们一丝也不叫它走样。
然而,时代的洪流

在作无情的冲击,
它不许人间有世外桃源。
十年前,一道红光
刺开了久闭的双眼,
一个霹雳,
心地豁然裂宽!
大别山
成了革命的圣地,
大别山里的人民
成了勇敢的革命战士。
今天,祖国立在生死的边缘,
大敌正当前!
他的血手
到处乱摸,
他的血手
已经插入了大别山。
这静的圣境,
这山的画图,
从此溅上了
血的腥污,
听
清流在鸣咽!
林木在哀号!
人民在怒吼!
怒吼着——
拿起土枪,

拿起砍柴的刀,
像把守关口,
他们把守着狭道。
黑夜伴着他们
向敌人进击,
山峦扩大着
枪子的声势,
敌人一步一个陷阱,
这里的一切,人民都熟悉。
神出鬼没,
山头浮云一样的飘忽,
他们是游击的铁兵,
不是"扰人清梦的蝇子"①。
看你有多少人来填死缝?
胜利才能把仇恨消净,
大别山的石永不会烂,
看看谁能够熬得时间。

1938 年 8 月于商城写起
1939 年 4 月于樊城完成

---

① 敌人诬我游击队语。

呜 咽 的 云 烟

像一只候鸟
驮一面冰天,
驾起翅膀
飞向温暖——
你的书信
沉浮了两个季候,
当战地桃花在风前败阵,
它才飞到了我的眼前。
是一滴泪水
泛滥了红的堤岸?
看蹂躏不堪的信皮上
一片呜咽的云烟。
我向山海关那边
投一个遥念:
你的心在抖,
手在颤,
不是这么说吗?
当你拨开笔管,
窗外的狂风正伴舞着雪片。

阴惨封固着人心，
坚冰给白水加一条锁链，
但是严冬不会长久，
春天就在它的后面。
一万句话
来碰你的笔尖；
千钧之力
压住了手腕，
几次放下笔
又拾起笔，
在纸面上
写下了二字"平安"。

      1939 年 11 月

铁 的 行 列

一个铁的行列。
阵容堂堂,
整个的大洪山都在震动,
脚步踏在岗峦的脊背上。

乌青的钢盔,
太阳射上金光,
手榴弹在胸前,
枪在肩头上,
一张脸子
是一个无声的殷雷,
昂首直向前方,
仿佛胜利已经在望。

山头上,
我们的大炮
在咆哮,
(战神的心跳)
山头上,

我们的机枪

在欢笑,

(正义的呼啸)

我们这铁的行列,

我们这神圣的哀军,

挟起磅礴的正气,

带着崇敬的人心,

像卷地的狂飙,

向敌人横扫。

1939 年 12 月于老河口

冰 天 跃 马

我们十匹大马
在战地上追奔,
铁蹄给白雪
打一串新的花印,
瀚海的松林
朔风卷起洪涛,
割鼻子刺脸,
寒风像钢刀。
冰雪封着流水,
冰雪盖着大地,
冰雪锁住鸟鹊的口,
唯有战斗的血是一股暖流。
驰向前线去呀!
驰向前线去呀!
年轻的人
力壮的马,
带着金翅的炮弹
在人心头上爆炸。
驰过"响水河",

驰过"邢集",

马蹄驰走——

这年尾的一日。

一片片远山

化入了天碧,

峰头的白雪

做了天际的云朵。

白头的岗岭

和马群赛跑,

撇在身后的山野,

万顷起伏的波涛。

勒马在"查山"的顶峰,

向四周的平原投下了眼睛,

"查山"阵地二十里长,

敌人两次来犯两次受创!

雪泥掩没了烈士的血迹,

冰天里挺一个哨兵的影子,

雪花填饱了坦克车的辙印,

平地上铺满了火车的白轨,

黄昏落上耸高的碉堡,

我们走进了"鲁寨"的战壕,

机枪大炮三面打来,

敌人替我们大放鞭炮。

战士们

严密地警戒着这除夕的夜晚,

把枪口,把炮眼,

对准"出山店",
对准"长台关"
这里只有战斗,
没有新年,
从枪口炮口里
打出个明天。

　　　　　旧历1940年元旦于前线

国旗飘在鸦雀尖

二寸照片
留下了一角大别山,
留下了大别山的顶峰——
挺秀的鸦雀尖。
三个人影簇拥在山巅,
一张地图牵着六只眼,
身边的草木在风前低头,
一面国旗飘起了青天。
树影笼着十个士兵,
深草吞没了半截腿胫,
刺刀冷亮,钢盔乌青,
瞪着一双双决死的眼睛。
这一张平凡的照片,
包藏的故事可不平凡,
追溯这个故事的诞生,
要把时光倒流上两年。
那时候,正在保卫大武汉,
那时候,正血战在大别山,
那时候,这一支常胜的铁军

奉命把守这天险——鸦雀尖。

他们战过台儿庄,

他们战过娘子关,

他们战过琉璃河,

于今又来战大别山。

鸦雀尖镇着商麻公路,

鸦雀尖镇着武汉外围的门户,

正可以作个尺子,用它的高,

去量它在军事上的重要。

这一师:两个旅,三个团,

用机枪,用大炮,

用血肉,用勇敢,

作了它铁的防卫线。

在敌人的炮弹下,

斗大的石头飞上天,

在敌人的炮弹下,

人马纷纷滚下了山岩,

多少兄弟昏倒在地下,

毒气在山上散作云烟。

下了叶家集,

下了商城,

荻洲师团

凭一股锐气要攻下这天险。

一道严峻的命令

下给这一师人,

死,也要守住鸦雀尖!

战况到了紧张的高度,
指挥所从山腰移上了山巅,
这表示了一个决心,
像一张弓把弦拉满。
向着一张地图滴心血,
师长同他的参谋人员,
一会儿他又立起身来,
望远镜中把眼光射远。
电话铃声叫他说话,
一个团长向他求援,
他说阵地已经动摇,
一团弟兄战死了一半。
"士兵死了,排连长上去,
排连长死了,拿营长去填,
看准你的表,两个钟头
我把援兵送到你的跟前。"
没有兵力给他增援,
给他送去的是国旗一面,
另外附了一道命令
那是悲痛的祭文一篇:
"有阵地,有你,
阵地陷落,你要死!
锦绣的国旗一面,
这是军人最光荣的金棺。"
这时候,炮火密得分不开响声,
炮弹落在他左边右边,

惊飞的石子像雨点，
纷纷打在他的身间。
枪弹穿响了头顶的树叶，
敌兵已经冲到了山前，
特务连里十个决死队，
一个命令跑下了山。
他用完了所有的兵，
而且，把他们放在必死的当中，
头顶上悬起了同样的国旗，
他从容地在听候着电话的铃声。

附记：大别山战役，××师奉令扼守鸦雀尖，师长黄樵松氏，预作国旗七面(二旅长，三团长，另外一面是他自己的)，在战局危急时，即以国旗分赠，示不成功则成仁之决心。鸦雀尖敌将冲上时，师长令敢死队十人冲下山头后，即于树间将国旗悬起，预备作光荣之牺牲，置诸死地而后生，敌人终不得逞。当时在鸦雀尖留有二寸照片，至今犹存。敢死队十名，生还者七人，该师以"鸦雀尖七勇士"呼之。

1940 年 1 月

柳 荫 下

几株垂柳
铺好了一地荫凉,
八九匹战马
拴在柳腰上。
驰骋过疆场的铁蹄
闲敲着午睡的大地,
阳光点了它一身银花,
尾后驱打着逗它的蝇子。
木鞍弓着腰
做闲散的梦,
有一种
卸却了责任的轻松。
(弹药卸在前线,
它们又回程。)
枪身
靠在树身上,
仿佛找到了
一个惬意的依傍。
五六个弟兄,

一个人一个式样：
额上生薄汗，
口水像馋涎，
甜睡在光地上，
像傍着母亲的胸膛；
有的解开戎装，
去接受柳扇摇来的清风，
看白云在天边游走，
听悠扬的蝉声；
有两个对坐着聊天，
每人口里衔一支烟，
话，多半天没有一句，
一支烟却吸它个多半天。
"公园里今晚放演《台儿庄》，"
一位老乡作了个义务宣传，
"老王，咱们也去看它一眼，"
说了这句话，脸色却很平淡。
（那个场面在心头一闪）
老王向他的伙伴望一望，
眼光正碰到了那颗勋章①。
（光芒四射的太阳）

1940 年 7 月

---

① 三十军在台儿庄创造了光荣战绩，每人得奖章一颗，形如太阳，边缘作光芒状，中横"台儿庄"三个红字。

无 名 的 小 星

我不幻想
头顶上落下一顶月桂冠,
我只希望自己的诗句
像一阵风,吹上大众的心尖。

你知道,
我是一个野孩子来自乡间,
染着季候色彩的大野
就是我生命的摇篮。

为了生活的压榨
我陪同农民叹气,
命运翻身的日子,
我也分得一份喜欢。

他们手下的锄头
使用得那么熟练,
顺手一拖,闪出禾苗,
把一<u>丛</u>绿草放倒在一边。

工人的神斧
也叫我惊奇,
一起一落
迎合着心的标尺。

时代巍峨在我的眼前,
面对着它,我握紧了笔,
我真是一个笨伯,
怕人喊作"灵魂的技师"。

我愿意是一颗无名的小星,
默默地点亮在天空,
把一天浓重的夜色,
一步步引向黎明。
(一盏生命的天灯)

1940 年

老媪与士兵

一

两间痨病屋
和她一样衰老,
风的手爪
抓搔秃了它的头毛,
墙上泥皮
一片一片地往下掉,
给时间的足迹
划着记号。
夜晚不点灯,
星月漏给她一点光;
像泪痕一条又一条,
雨水划在墙上。
一口小锅满身是补钉,
让它常常饿着,她真也无法,
现作现报,一点也不差,
它也不把一个温饱给她。
城里扔炸弹,

她缩在墙角里打战,
墙也同样地害怕,
浑身一劲地痉挛。
大炮响,
隔几十里路远,
屋顶上的土块吓得坠落,
把身子扔个稀烂。
她厌烦打仗,
她害怕打仗,
老伴死在战争里,
儿子——蝈蝈腔上一根毛,
也从她手里给拔掉。
(换来一张军属的白条贴在门旁)
害怕打仗,
她却关心打仗,
队伍从公路上过,
她站在一边巴望,
昏花的老眼
抓不住一张面孔,
可是在每一张面孔上
她都寄出一个希望,
不,不是一个希望,
是一个渺茫的幻想。
旧的伤兵刚走,
新的伤兵来填,
招待所里的铺位,

一天也不让它空闲。
她并没负什么任务,
她每天都到招待所去,
去同受伤的弟兄谈谈话,
这样她心里感觉舒服。
她问他们的家乡
离这儿多远?
她问他们离家
已经几年?
问他们家里有没有老娘?
是不是常有信息往还?
倾尽了慈悲,
她把感伤带回家,
一直带到梦里,
那分量一点也不减差。

二

胡行乱走的云
像挣脱了管束的小儿,
一碰头,停住脚,
把身子挤在一起,
想落雨,又迟疑,
像大家在商量,
意见还不齐一。
麦苗像早熟的孩子,

肌黄筋瘦挑不起腰肢,
这是因为营养不足,
喂它的,不是土壤是砂石。
她立在麦垄间,
勉强投出锄,弯下了腰,
风,掀开了胖单衫,
要将这一把老骨头抓跑。
拉回锄来,
锄杆做了手杖,
它扶持着她,
向老远老远的云天张望。
她投出了目光——
投出了一个孤绝的希望,
探寻了许多时,
最后落到了两个士兵的身上。
他们在给战死的弟兄
铺一张安息的床,
你一锨土,我一锨土,
土上带着青草,
草叶串着水珠,
清新又晶亮。
他们叫手里的锨,
慢慢起,慢慢放,
把一个长的空隙
留给怅惘和悲伤。
"他们可也有家乡?

他们也有妻子爷娘?"
"他们有家在江南,
他们打仗来到北方,
谁不是爷娘生养?
为了国家才上战场。"
她的每根白发
系一个悲伤,
一齐在春风里挣断,
看它们漫天飞扬!
"不打仗不好吗?
为什么要打仗?"
满脸的哀愁,
放出了一个萎弱的希望。
"你去问日本兵,
为什么要打仗!"
她拾起了这话的钥匙,
低下头,去开她思想的铁箱。
"我们就不能打走他?
叫他的飞机不再来轰炸!"
她的头又抬起来了,
凝固了眼光等着回答。
"那不难,打倒他,
只要男儿一齐上前线
不再恋家!"
她放开了额上的皱纹,
放走了兜着的悲伤,

嘴角上开出一朵笑,
挂着锄杆,她又开始向天边遥望。
(真的吗?
她默念着这几句话。)

         1941年

第一朵悲惨的花
——吊屈原

诗人,
这两个字
就清楚地说破了一个命运:
一副硬骨头,
一肚子愤懑,
一个高尚的头脑,
一眼睛的看不惯。
身子扎根在现实的污泥里,
却怕自己的洁白
被这污泥沾染,
把一双灵魂的眼睛
投出去,
投得比现实
更高,更远。
向丑恶
要美,
向虚伪
要真,

按着眼前的龌龊
要它的反面！
以小孩子的天真
哭着去要它们，
以饥寒者的迫切
呼号着去要它们，
以火样的热情
去要它们，
以死
去要它们！

这样，诗人，
就同悲惨的命运永远地握手了。
带一个"不雅的尊号"，
穷愁，孤苦，
潦倒在人生的窄道，
肚皮同灵魂
一般饥荒，
他嫉恨流俗，
就同流俗嫉恨他一样。
如是，
他流枯了泪泉，
如是，他用自己的明枪
或世人的暗箭，
把没有成熟的生命，
把冤抑，

把悲酸,
把理想,
把命运,
统统装进了三寸黑棺,
凭诅咒和赞颂
在人们的口角上流传,
泥土,
早把他的双耳封严。
屈原——
第一朵悲惨的花
开在诗国的田园。

权威者的耳朵
从来就软,
谗诌的风
没定向地吹;
忠言打进去
比钉子打进石头里去
更难!
权威者的眼睛
专找逢迎的脸,
今天,他高了兴
你便得宠;
明天打下去,
那算你犯了灾星。
你觉得天大的了不起,

他随便一句话就把你决定,
他听得太多,
他看得太多,
哪有那份闲情
去分辨是非和奸忠。
当宠爱的光
照临着你,
你的手
可以发号施令,
叫抱负
开出现实的花,
叫事业
说出忠贞的话;
当谗言
攻破了易变的君心,
当怀疑
顶替了信任,
你便被挤下政治舞台,
(别人在扮演一场糊涂戏,
你在一旁做个清醒的观众。)
挤到江边去——
去枯槁,
去憔悴,
去呻吟;
吟出你的哀怨,愁苦,悲愤,
和耿耿的赤心!

你一条心
想佩起芬芳的香草
(香草,象征你的人品)
到瑶池去会美人,
(你理想的化身)
叫风云雷霆
呵护着车轮;
一条心
系在朝廷,
挂着你又爱又恨的怀王,
和千千万万楚国的子民。
你清楚,
在人心的天平上
重轻倒颠,
你知道,
在社会的眼中
黑白淆乱,
你看见,
凤凰折了翅膀,
鸡鹜飞上了天。
你清楚,
你知道,
你看见,
你却不能用一只手
把它翻转!
把不住自己的命运,

你带着疑问去请教詹尹：
"尺有所短，
寸有所长，"
龟蓍回答你
一个绝望！
宇宙这么宽阔，
却容不下你一条身子，
人生这么深远，
思想却没处安放，
只得紧抱着贞洁，
去追踪彭咸，
带一颗眷恋的心
跳下汨罗江！
生命就是这样：
不能去碰死僵冷的社会，
就得碰死在它的身上。
汨罗江水
为诗人流了
两千年的清泪，
到今天，上官令尹
依然在人间充沛！

1942 年 4 月

《泥土的歌》序句

我用一支淡墨笔
速写乡村,
一笔自然的风景,
一笔农民生活的缩影:
有愁苦,有悲愤,
有希望,也有新生,
我给了它一个活栩栩的生命
连带着我湛深的感情。

1942 年

春 鸟

当我带着梦里的心跳,
睁大发狂的眼睛;
把黎明叫到了我的窗纸上——
你真理一样的歌声。
我吐一口长气,
捫一下心胸,
从床上的噩梦
走进了地上的噩梦。
歌声,
像煞黑天上的星星,
越听越灿烂,
像若干只女神的手,
一齐按着生命的键。
美妙的音流
从绿树的云间,
从蓝天的海上,
汇成了活泼自由的一潭。
是应该放开嗓子
歌唱自己的季节。

歌声的警钟,
把宇宙
从冬眠的床上叫醒,
寒冷被踏死了,
到处是东风的脚踪。
你的口
歌向青山,
青山添了媚眼;
你的口
歌向流水,
流水野孩子一般;
你的口
歌向草木,
草木开出了青春的花朵;
你的口
歌向大地,
大地的身子应声酥软;
蛰虫听到了你的歌声,
揭开土被
到太阳底下去爬行;
人类听到了你的歌声,
活力冲涌得仿佛新生……
而我,有着同样早醒的一颗诗心,
也是同样的不惯寒冷,
我也有一串生命的歌,
我想唱,像你一样,

但是，我的喉头上锁着链子，
我的嗓子在痛苦地发痒。

1942 年 5 月 20 日晨
万鸟声中写于河南叶县寺庄

走

痛苦,
把你从白天,
扔给黑夜;
噩梦,
又把你从黑夜,
扔还给白天。
海水
可以用斗去量,
却没有一支秤
能打得起生活的分量。
泪,
是什么东西!
除了标出自己的软弱,
还有什么意义?
苦,
也不能用口来诉说,
说出口来的苦,
味儿已经变过。
走,

希望的杆子
牵着你的手,
路,漫长又不平,
小心每一个脚步,
四周都是陷阱!
朝山的信心,
自不埋怨路远,
听说过殉道者
为磨难而嗟叹?
走,挺起胸来走,
记住,千万不要回头!
怀着解放众生的心誓,
你走,
这古老的世界已接近了尽头。

        1942 年

地狱和天堂

真有个乐园
在天堂?
让别人
驾着梦飞上去吧,
请为我
反手加锁在门上。
我,
在泥土里生长,
愿意
在泥土里埋葬。
如果,有座地狱
在脚下开着口,
我情愿跳下去,
不管它有多深,
因为,我是大地的孩子,
泥土的人。

1942 年

手 的 巨 人

农民——
手的巨人。
我有一支歌
歌唱你的命运。
你的嘴
笨拙得可怜,
说句话
比铸造还难。
你的脸上:
有泥土,
有风云,
直泅到生命的海底,
你的心!
谁说生路窄?
你有硬的手掌,
命运是铁,
身子是钢。
你的眼睛,
那一双小明镜,

叫每个"高贵"的人
去认识他的原形。

1942 年

海

乡村
是我的海,
我不否认人家说
我对它的偏爱。
我爱那:
红的心,
黑的脸,
连他们身上的疮疤
我也喜欢。
都市的高楼
使我失眠,
在麦秸香里,
在豆秸香里,
在马粪香里,
一席光地
我睡得又稳又甜。
奇怪吗?
我要问:

"世界上的孩子
哪个不爱他的母亲?"

1942 年

反 抗 的 手

上帝
给了享受的人
一张口;
给了奴婢
一个软的膝头;
给了拿破仑
一柄剑,
同时,
也给了奴隶们
一双反抗的手。

1942 年

钢 铁 的 灵 魂

我不爱
刺眼的霓虹灯,
我爱乡村里
柳梢上挂着的月明;
京剧
打不进我的耳朵,
我迷恋着社戏——
那一团空气
漾溢着神秘,亲切,
生活的真味,
和海样的诗情。
镀了假的油滑脸子
我最厌烦,
真想一把抓下来,
把它掷上天!
我喜欢农民钢铁的脸,
　　　　钢铁的话,
　　　　钢铁的灵魂,
　　　　钢铁的双肩。

1942 年

穷

屋子里
找不到隔宿的粮,
锅,
空着胃,
乱窜的老鼠
饿得发慌;
主人不在家,
门上搭把锁,
门外的西风
赛虎狼。

1942 年

三　代

孩子
在土里洗澡；
爸爸
在土里流汗；
爷爷
在土里葬埋。

1942 年

笑 的 昙 花

收获——
镰刀割下个
希望的金果,
农人脸上
有了笑,
笑,
也只是昙花一朵。

1942 年

鞭　子

毛驴子的铁鞋
已经磨光,
背上压着的布袋
一步比一步有分量!
主人打着赤脚,
不放松地紧赶,
仿佛他的"主人",
在身后,
手里持着同样的皮鞭。

1942 年

送 军 麦

军麦,孩子一样,
一包一包
挤压着身子,
和衣睡在露天的牛车上。
牛,咀嚼着草香,
颈下的铃铛
摇得黄昏响。
燎火一闪一闪,
闪出梦的诗的迷茫,
这是农人们
以青天做帐幕,
在长途的野站里
晚炊的火光。

1942 年

他 回 来 了

哥哥请假回来看家，
家里的亲人
放下了那条悬挂的心，
自从出了门
没有消息回来，
今天，他的身子
是几年来寄到的
第一封"家信"。
他的口——
一条小河，
淙淙地流，
母亲坐在纺花车旁，
像坐在梦中，
弟弟刚从坡下抽回身，
锄杆躺在怀里，
大家静听着他，
像静听着别人
替自己读一封"家信"。
小孩子

在大人空隙里穿梭，
欢喜而又畏怯地
用一只好奇的小手
向爸爸腰间的短枪偷摸。
他的女人，
脸上烧着火，
在别人不留意的时候，
在他周身溜眼波。

1942 年

沉　　默

青山不说话，
我也沉默，
时间停了脚，
我们只是相对。
我把眼波
投给流水，
流水把眼波
投给我，
红了眼睛的夕阳，
你不要把这神秘说破。

1942 年

诗　　叶

白杨
摇摆绿的手掌——
灵感抖动翅膀，
萧萧作声浪，
万片诗叶
在半空里发狂。

　　　　　　　　1942 年

静

一只白鸽
在半空里划圈,
天,
更大,
更蓝;
一只苍蝇
扰人睡梦,
六月天的白昼,
更长,
更静。

1942 年

死　水

一湾绿水
发了霉,
太阳,
在水皮上蒸发起
小的脓疮,
男人
在水边饮牛,
妇女
排在湾埂上
洗衣裳,
白鹅
在水上划船,
孩子们,
沉下去
又浮上来,
这一湾死水,
有了笑,
也有了光。

1942 年

坟

一生的辛苦
把身子按倒,
他开垦过的草阡上
添了一堆黄土。
坟,
像他的为人,
寒微,谦卑,
摇着几棵白草,
卷在西风的怀里。
活着的时节,
工作在田地里,
死后,他在替儿孙
看守着这田地。
黄昏拢过来,
他要破土而出,
拉住个人,
谈谈心。

1942 年

社　　戏

开场锣
敲得人心慌，
孩子的手
把大人的饭碗夺掉，
他不管你吃饱没吃饱。
压箱底的花衣裳，
一年难得见它一两次面，
今晚上，它给了孩子们光彩，
不管别人看见看不见。
明月把旷野
注成海洋，
远近的语声——
一浮一沉的浪。
木梆子报过三更了，
这里那里的敲门声，
敲出了狗的狂叫，
敲碎了别人的梦。
孩子，
睡在大人的肩上，

板凳,
睡在大人的肩上,
他们回来了——
带着星光,
带着灯光,
带着灯光底下
那一片情景,
带着为剧中人
开出的泪花和笑影,
带着这一些,
一直带到梦中。

1942 年

崎岖的道路

通过了
八百里起伏的荒山，
通过了
七月的火扇
扇起的火焰，
把破碎的身子
移向战时首都，
我曾经在前线屹立了五年。
当汽车慢慢地
把楼台的影子
送给我，
我已经把不稳
心的舵，
硬把眼皮关紧，
为了不叫泪水冲落。
脚，
踏上岸，
梦同现实
碰面！

流线型的汽车群,
斗着时髦与速度,
载满了波浪头发的女人
掠过我,威风地叫着,
远了,
我以发烧的酸腿,
追在它后边。
(吃它的黑烟)
两个人
掮着一个人
擦过我的肩膀,
抖一下神,
抢上几步,
我骄傲我还有一双腿。
我的草绿色的粗布军装,
污染着长征途上的汗和土,
它的颜色
同这都市的颜色
彼此嘲讽着。
路上的行人们,
你们以你们的衣服骄傲我,
你们以你们的脸色骄傲我,
你们投给我太多的眼光;
但是,你知道,
我是新从前线来的,
敌人的机关枪

也不曾使我战栗!
我,像一个叫花子
误失闯入了天国,
在繁华得叫人昏眩的大街上,
我移动着发烧的身子,
什么对我都是陌生,
这里的道路是这样的崎岖呵!

1942年8月

跋涉劳吟（九首）

一

走了两千里路，
抛了五斗汗珠。
伏顶上，
太阳吸着人
像一口火龙球。
三双千层底鞋
磨穿了洞，
我把中原战地的黄土，
嵩山的烟云，
带给了
大江的清风；
脚步的针
引着路途的线，
前线，后方，
给它个贯串。

二

披着短衫,
像半幅蓝天,
邮差,
涉水又爬山,
担起别人的命运
沉默地流着汗,
一步一喘息,
去赶他的"站"。

三

当你要涉过一条水,
你才认识了桥梁的作用;
当你爬山的时候,
一条竹杖
给你添一条腿胫;
一根火柴
在夜里意义多鲜明;
死亡来拉手,
这时候,你才真正了解了生命。

四

金钱,
能叫两个肉肩
把你捎过千万重山;
但是
它却给跋涉人
以更多的东西,
这富丽的大自然!

五

人,
以水食和笼子养鸟,
爱听它囚徒的哀鸣。
而鸟,却恋念着山林——
那一片
绿的海,蓝的天空。

六

清晨
有初春的薄雾,
黄昏
有秋天的清冷,

中午
才是炎夏,
夜
又变成严冬;
深山
像一个善变的女人,
你捉摸不透
它的性情。

七

深山里,
军号和早鸡
争着报晓,
紫微星的光芒
使残月减色了,
人,睁开了露宿的眼。

八

山,
把人的胸膛压小了,
遮掩着人的耳目,
它对你说:
天地就这样狭小。

九

用肉的双手,
用竹竿的长手,
小姑娘们
打捞"浪柴",
战斗着急流。
我不知道
她们的家在什么地方,
就像
我不知道"浪柴"的家一样。

1942 年秋

窗　子

窗子,是从黑暗
投向光明的一只眼睛;
是从人
通向自然的一个瞳孔;
是从孤独
开向生命之流的一个小洞。
太阳,
突破了浓雾的网,
我眼前便落下
一方喜悦的蓝天,
太阳以它的金光
试探我的心胸,
想从苦痛的硬壳下
开发出欢欣的矿。
我常是无声地坐在窗下,
苦恼结在眉头上,
幻想向西天展翅,
追起白云飘飞。
大自然来和我相亲:

嘉陵江耀眼的银鳞，
还有舟子的歌声，
　　　帆片的云。

窗子摄取来
山色的风景片，
上面绘着楼台，
　　　绘着夕照，
　　　绘着清秋的淡远。
打一个通夜，
窗子瞪着眼，
为了伴它，
我的眼睛也常是不关。
听一个人，
从窗前的小道上
走过去了，
一个步子
一朵寂寞的花；
听两个人
走过去了，
说着话，
我的想象紧追着它。
我，虽然被孤寂
锁在这个小房间，
被夜的恐怖按倒在床板，
但是，窗子却使我的心

流进生命的海,
窗子是我灵魂的眼。

1942 年 10 月

热 情
——生活小辑之五

感情
是一股热流,
冷风
把它吹成冰;
心,
是一座火山口,
喷出来的熔岩
凝成了石头。

1942 年

笑
——生活小辑之六

快乐的柔手,
在心上一搔,
波纹泛到双腮上,
如是,人脸上有了笑。
自从天真
从人间失掉,
在肉的假面具上,
笑,
成了筋肉活动的一种技巧。

1942 年

快　　乐
——生活小辑之七

我用一双冰冷的手，
关上了心门，
快乐偶尔来叩它时，
我对它说：
"我们不相识，
你是错认了人。"

1943 年

泪
——生活小辑之八

眼泪,
是沉痛的语言,
眼泪,
是向生活摇出的一支小白旗。
眼泪也是快乐的,
好像苏生的春霖;
人间有多少只眼睛,
干成了枯井。

1943 年

梦
——生活小辑之九

好梦,
用快乐的翅膀,
带着你飞,
像小孩吹起的肥皂泡,
绘着阳光灿烂的颜色。
它飞,
向着理想的高空,
悲剧开始了——
你去怨那一阵风。

1943 年

舍 利 子

佛的额门口,
有一颗舍利子放光,
我,我也有一颗,
它不在表面上炫耀,
却深深在心坎里藏。
富有四海的国王,
王冠上嵌一口宝石,
真珠绕着它发光,
像星宿护围着月亮;
我也有一块宝石,
我一口说不出它的价值,
国王拿着王冠来换,
我说,不行,这对我太不合算。
我从来不信奉什么宗教,
可是我是一个信徒,
"为它生,为它死"。
我可以这样对你发誓,
我信奉的东西只一个字,
它的名字就叫做"诗"。

有了它的照耀,
宇宙才不是一座囚牢。
有了它的润霈,
人生的场子才不是一片荒寒。
它把歌声送了流水,
它把颜色借给花红。
不是凭了它的歌颂,
生命的意义不曾这么鲜明。
像音乐恣意的向卑污的灵魂
揶揄,
诗,它也不容情的讽刺着
庸俗,丑恶和自私的心,
这一些也非笑着它,
因为它们有眼却只认识黄金。
我用热情,苦痛,幻想
盖起一座庙堂,
庙堂里供奉着我
诗的神像,
失眠的眼光,
是我长夜里绕着的两柱香,
叹息散成烟云,
眼泪做了椒浆,
我甘心把灵肉做一份牺牲,
把自己的红血"歃"这座庙堂。

1943 年 2 月

死
——生活小辑之十三

秋风
是死神嘘出的噫气。
生命的树叶
一片片落地。
对多余的废料，
死是过滤；
对痛苦的人，
死是逃避；
对真实的工作者，
死就是休息。

1943 年

月

信,
贴在身边,
家,
比梦更远。
雪笺
一身摺叠伤,
写在上面的字
却越磨越光亮。
心,
一夜一泛潮,
相思的小船,
把睡眠载跑。
今夜的月亮
真圆,
古城头上
我一个人在看,
冷的风,
冷的光,
冷的心,

这轮月
也挂在故乡的天上?
那,
它照着的应该是
　　破碎的房子,
　　破碎的心,
　　　一条一条的泪痕……

　　　　　　　　　　1943 年

《感情的野马》序诗

开在你腮边的笑的花朵,
它要把人间的哀愁笑落,
你的眸子似海深,
从里边,我捞到了失去的青春。
爱情从古结伴着恨,
时光会暗中偷换了人心;
我放出一匹感情的野马,
去追你的笑,你的天真。

1943 年 5 月 17 日完成

才 一 年
——抵渝周年纪念

去年今日,滚烫的热流
把我浮到了这座山城里。
滋补了我灵魂的
点缀在两千里长途上的山水,
五年战地生活
情感的淤积,
一打总,给汗水冲洗个痛快淋漓;
当我第一个步子落地的时候,
欢喜的眼泪
像胀破饱和点的云衣
兜不住的水滴。

排列在两旁给马路站岗的高楼,
向我这寒伧的陌生人摆架子;
一股活生生的野劲在我身上,
我一点也没有胆怯的意思。
汽车像猛虎扑向我,呜呜地咆哮,
屁股上喷黑烟,是跟从它的风暴;

我却用发烧的双腿
昂奋地同它赛跑。
走在马路上的人们——
穿纺绸大衫的,飘飘然,
穿西装的,用身子撑门面,
它们的式样配合了
他们的心境,像战前;
还有抹红唇的,披散着波浪卷发的,
(上帝赐了她们一副脸子,
她们硬要另造一副给人家看。)
呵,这一群,他们的眼光
比刺猬的针毛更尖。

我穿一身破草绿军装,
它的颜色已经没法分辨,
它上面,有风雨的脚印,
有臭汗画的圈圈,
再吗,再吗还有点儿战争的气息
溃浸在线缕的中间。
这军装包裹着一个痛苦的灵魂,
因为它常大睁着一双眼。
当苦闷的流行病盛行的时候,
我不会用幻想替自己砌一座天堂;
可是我想:"后方就是苦闷,
这苦闷对我也还是个新鲜模样。"

整整三百六十五天，我没有日记
做寒暑表，记下心情的阴晴和冷暖，
我没有笑，我只觉得
自己的心胸一天一天被压小。
入时的衣着
给我变一个外貌；火石的性子，
火镰碰钝了它的芒角。

灰尘要使人鼻孔里楔上木塞，
它是一层帐幕，隔着它，
什么都朦胧，什么都模糊；
浓雾私妍了晴空，
把人囚在永恒的幽暗里，
气闷，发霉，心焦，
想望一条阳光
像穷汉想望一条金条；
你拥我挤的人群，
乘着自私的小船
在这黑流里沉浮，
各人避向一个狭小的希望港口，
时代的风暴吹不到，
也嗅不着战争的烟硝；
一团噪音，乱嘈嘈，闹哄哄，
从高处掉下来，
从平地浮上天空，
把假的镀上金，

说真金是黄铜,
把颗心伪装得那么美丽,
说惯了,听惯了,
不红脸,不介意。

于是,我的耳朵病了——
它生了一寸厚的茧皮。

才一年,过的日子
却得用一年的多少个倍数去计算;
才一年,物价的指数
直线地向上爬,爬,爬,
天那么高,仿佛它也爬得到,
纸票上的数目字越来越大,
生活的路子勒成了线条。
公务员,锁不住的愁苦
从心头爬上了眉梢,
叹息着一个月的薪水
换不到一个人的温饱,别谈什么一家老小,
时间把他们拴在办公桌子的腿上,
可是,他们的心早从"等因奉此"的纸面
飞得老远,
咬碎笔杆,伸个懒腰,打一串呵欠,
眼睛紧跟着钟表的秒针转圈,
打打闹闹,海阔天空扯一阵,
谁能闭住口,活活闷死,不做一点声音?

馆子里没有战争，
就连吃馆子的人的嘴角上；
有的是美味，
有的是站班候坐的人的涛浪。
冰室里没有战争，
就连吃冰人的嘴角上；
有冰淇淋，有电扇，
一直沁得人热血发凉！
战争
像在另一个星球上进行。
色情的电影，门口挂着"客满"的挡驾牌，
落伍的太太们向老爷发脾气、埋怨、唧哝。
报纸到手，眼光先在广告上巡逻一阵，
然后滑到第四版，
想从上面发掘一点奇迹开心；
一个大胜仗是一针兴奋剂，
过一会儿，麻痹又在人身上
恢复了它的健康精神。
大腹便便的商人，满街上晾肚子，
像怀了孕；是怀了孕——
怀着一个别人的"国难"，
怀着黄金婴孩，
屁股一撅，就可以下来，
说不定还是一产三胎。

于是,我的眼睛病了——
砂粒磨得它实在太厉害。

我仿佛从生活的活水里被抛上了岸崖,
站在圈子外,恰好的距离点,
我眼睛的镜头
摄来了形形色色的倒影,
用自己的心再把它们冲洗出来。
我用我的心看出去:
水,抽去了柔情,
山,是顽劣的石块,
电线向天空
划着五线谱,
谱出了沉郁低咽的调子;
内燃的火头在心上燃烧,
把情感炼成了坚硬的固体。
我失掉了自己。但,我听到了一种
召唤的声音,
像一个母亲挑着儿子的衣服
念念有词地向四方给他"叫魂"。
这声音,颤动着南国热情的梦幻,
这声音,带给我西北荒漠里风沙的激响,
它来自爽朗的天空下,
它来自淙淙的流水边,
它来自农村的茅檐角,
它来自另一个天地——

我灵魂的故乡。
我要归去呀,我要归去呀,
我要归去呀,乘着梦,
上帝,你借给我一阵自由的清风。

1943 年 8 月 14 日于渝文协

霹 雳 颂

人生,枯朽得像古坟里
千年的棺材板,
空气把窒息病菌
带给每一叶肺尖,
土地裂开口,狗子伸着舌头,
树叶褪去了生命的绿色,
人,苦焦的心这就要自燃!
沉默着——
一个伟大的沉默,像火山;
希望着,痛苦的希望,
全个儿宇宙的心
向着高处攀,
这沉默,这希望,
是这样神圣更庄严!

天,他包涵一切的心胸
被触动。
黑云像被囚禁的虬龙
窜出了深邃的穴洞,

脊背上驮起东海,
尾巴上卷着风暴。
摇头摆尾地啸叫着
飞上天空,
从东海崂,从五岳,从喜马拉雅的高峰。
如是,天,把一点颜色
给人看,蜻蜓成群翱翔到高空,
去采访天上的消息,想把一点象征,
一个预言,指点给人间。
人,连上动物,植物,
就是石头也跟着变,变得像一个信心跪倒在上帝脸前,
等待着,不敢说一句话,
把呼吸也压缩得很谨严。

来了——
风来打前站。
它替惊人的奇迹发出个信号,
它把一个消息到处预言,
它的铁手试验着每一个生命,
看看它们到底经不经得起疯狂的摇撼。
来了——
来的是闪电,
它把人的心窝揭开,
叫蛰伏在老底的东西
一个个把原形现出来;
它在黑暗的僵尸上,

砍,砍,砍一万剑,
它的手臂永远也不酸;
天空被它辟开一条一条缝,
跟着掉下来了——
轰隆,轰隆,轰隆,
向着这古老人间的堡垒
光明的巨手
投下了千万吨炸弹!
霹雳碰着高山,它每条神经都吓得抖战;
霹雳掷下深谷,
千尺深埋的小虫
也惊破了胆;
霹雳滚过屋瓦,
瓦片颤动得发响;
霹雳响到心窝,
把良心的颜色擦得晶亮。
它震怒,它破坏,它扫荡,
它向沉睡的生命叫喊,
它是一句话,一个神的力量!
它是临盆阵痛的大叫,
它是光明使者的车轮碾过天空,
它用尽不可当的伟力,
向人间痛苦的妊娠催生。
听,雨脚插下来了,
像千万匹马,像战阵上叮当的刀兵,
在地上,在半空,

进行着一场激烈的斗争,
胜利归了光明,
你看,豪雨给人间洗刷出个多么光亮的天空。

     1943 年 8 月 31 日于歌乐山中

失　眠

一只一只生命的小船,
全部停泊在睡眠的港湾,
风从夜的海面上老死,
鼾声的微波在恬静地呼吸。

只有我的一只还冲跌在黑的浪头上,
暴风在帆布上鼓荡,
心,抛不下锚,
思想的绳索越放越长……

1943 年 12 月于渝歌乐山大天池

一 个 黄 昏

一个黄昏,落着雨,
有个人,推开大门,
用哀号的刀子
割我的心。
"先生,你不要关门,
我是伤兵,不是坏人!
看我只剩了一只胳膊,
那一只丢在战场上,
千山万水没死在路旁,
想不到,唉,奔到了后方……"

抖擞着一张纸叫我看,
他说这是证明书:
"叫我拿着它去领奖,
可是,我上不去汽车,
人们嫌我太脏……"

我用不到去看什么证明书,
他的声音、眼泪和血腥

比什么证明都可靠,都清楚。
我叫他去寻一个机关,
他摇摇头,说是去过,
人家忙着在办公,一劲支吾。

我把一件军装裤子给了他,
急忙收了眼泪把它穿上,
"呵,先生,您救了我一命,
这样,可以有地方留我一晚上。"

他走了,雨脚追着他,
我的眼一夜没关煞。
第二天打开报纸,
一眼就碰上了慰劳伤兵的消息,
文字真切动人,那么大的标题!

1943 年

马 耳 山

> 试扫北台看马耳,
> 未随埋没有双尖。
> ——东坡雪后"超然台"上看马耳山句

马耳山,我的对门①,
当故乡的田园恋爱着
我单纯的心,
早晨,纸窗子一卷开,
就把你迎了进来;
晚上,门闩子一响,
你便叫黄昏领走了,
一抬脚跨过短墙。

你永远美滋滋地
笑向每一张投过来的脸,
这笑,滋养着千千万万的灵魂,
这笑,它是多么自然,多么温暖。

---

① 我乡谚语,远亲不如近邻,近邻不如对门。

你永远不改变样子,
又像时时刻刻在改变,
每一次看上去都活鲜、神秘,
每一次都有点什么加添。

春天,你叫桃花
开在涧水两旁,潺潺的清流
用温柔的声音
招呼来几个洗衣的姑娘。
你掩藏了美,使美更美,
你挺立着身子看阳春的"野马"
赛跑在大地上;
你看见:扛着锄,牵着牛,
背着个沉重命运的农夫,
撒汗珠,撒脚印,
在湿润放香的黄土——
这一幅太美太惨的春耕图。

你看见夏季"秫秫头"①上
饱满了红色的希望,
谷穗子沉重地坠下头去,
风磨得它刷刷地响;
你看见农家妇女们挎一只篮子
向田野去,

---

① 高粱穗的俗称。

走在绣着花朵的绿色的地衣上，
断臂的高粱，草棵的长蔓，
挽留似的阻拦她，掣拉她的衣裳。
农人，赤条条没入到
绿海的老底，你，
看不见却听得见他们。

秋天，西风把大野吹空了，
把天吹高了，把水吹冷了，
从地面上吹出枯坟来，
萧萧的白杨替死人歌唱。
秋天的野坡
是孩子们的游戏场：
翻砖揭瓦，压细了呼吸，顺着声音
去探蟋蟀的洞房，
掘田鼠，捕蚂蚱，
心，追随猎犬的爪子，
"兔虎"①的翅膀；
猛然一抬头，呵，马耳山，
碰上了你笑的模样。

白云在冬天
给你添了神秘，
我们望着你，唱着我们的歌谣，

---

① 兔鹰。

游戏在太阳下,冷风里。
呵,冬天！寒冷抖着穷人的牙巴骨,
一身纸薄的裤褂底下
是红肿肿的一片酱色肉;
狂吼的风呵,它日夜向人示威,
把一个个小村庄抱在冰冷的怀里,
摇,摇,摇,
把乌鸦翻在半天空,
呱,呱,呱,
呵！生的穷愁像沉重的石头,
向我的心头压下！
当落日像一扇车轮
滚下苍茫的西天仿佛发出声音,
狂风把它的光线吹成了冷丝,
"日落北风死,
不死刮三日！"
马耳山呀,这哀怜的声音
你是听惯了的。

马耳山,晴天的日子
你便向人拢近了,
阴天,你又骑上云头
跑远了。
你看得真多呵！
你听见时间的罡风
忽忽地从耳边过路,

它把人间吹变了颜色——
把乌黑的头发吹成丝缕,
把童心吹成石头,
把笑把泪一起吹干了,
把人们,一代一代的
吹到土里去。
他们的辛苦悲酸,
你是知道的呵,
他们悲痛的生命,
在坟头上开出几朵惨白的小花,
马耳山呀,在生前
你安慰过他们,
死后,他们永远在你爱的辉光里住家。

你永远挣着一双耳朵
向着天空,
是要听出什么新的消息吗?
你永远倔强地站立着,
是要作成一个质问吗?
你,马耳山呵!

生活的鞭子,悲惨地抽着穷苦的人
离开家乡到天边去,
背着债主,背着邻人的眼睛,
起五更,黑暗殷勤地送他一程,
走着,走着,蓦然一回头,

望不见了你,马耳山,
他哭了。
当我还长着一副神话耳朵,
七十多岁的曾祖母告诉过我,
僧格林沁①的兵过境的时候,
你庇护过这一方的人,
你把云彩散布在头顶上,
在乱兵的眼里是清湛湛的一片汪洋;
这一次战争,
听说你也掩藏了游击队,
不,不但是掩藏,
在有利的时机上
你把他们送出山岗。

七年了,我们分离,
你像一位知心的密友,
在月夜,在梦里,
当我对故乡作着刻骨的相思,
一推门,你闯进我心的秘室,美滋滋地,
灿烂地开花了——
我整个的记忆。

五岳的首长,泰山,
它的尊容我拜望过了,

---

① 清蒙古科尔沁亲王,姓博尔济吉特氏,与捻军作战遇伏死。

武当山,它的名字天下轰传,
我也曾站在"擎天峰"上啸叫
朝着青天,
我玩赏它们的壮美,
可是我不能太爱它们,
因为它们只是一些岩石巧妙的堆垒。
我想,门前阡崖上那一排松树
(儿时月夜捉迷藏的时候,
它曾以它的荫影掩藏过我。)
也许被砍平了吧?
多少我的亲人、熟人,死了,老了,
又该有多少新生了,成长了;
我想着我再见到你时候的
那心境,我想着,除了
一串悲伤的故事,
该还给我述说一些崭新的事情……

    1944 年 3 月 17 日于重庆歌乐山中

两盏小灯笼

自从那一天你告诉了我那一个故事,
以后,每天下午,我都是计算着
办公室大赦你的时间,一个人
站在山头上,望着黄昏里那一条小路。

我是迎接一个消息,
迎接一个失眠或是酣睡的夜,
迎接自己的悲哀或是欢喜,
这消息,不要用话,你的脸色
就会完全告诉我的。

那个小女孩子,你才见过几面,
她的模样,她的身世,她的遭遇,
我,全得用想象去模拟;
可是,你的几句话,已经把她变成了
我的亲人,我的妹妹,我自己的一部分。
窗户外边,春光像春水
溢出了大地的池塘,
像不掏腰包的醇酒

随时随地让人醉一场；
各种鸟儿拣选了最喜欢的高枝，
站在上头放开了大嗓，
阡崖上的野花
把春水当镜子，
像一群大自然的姑娘；
而她呢？她躺在一页木板上，
翻个身像转动块大石头，
屋子里，阴惨惨的没有一丝光，
白天，黑夜，她的心，
颜色涂染得完全一样。

庭前，没有一棵树
招来只鸟儿，
替她报一声春天的消息，
没有一个人折枝花来
叫她闻一下春天的香气，
她闭着眼，闭着心，
这间小屋子就是她生前的墓地。

院里的员工们，各人忙着各人的公事，
计算薪金的多少和发薪的日子，
医生，每天照例来一次，又匆匆地走出去，
怕肺痨的细菌，把口罩盖得严实实的。
疾病，呻吟，死亡，
看惯了很平常，

她还活着,
在她们的眼里却早已死亡。
她这张给结核菌扼哑的喉咙,
曾唱过多少支救亡歌曲,
她这两只站立不起来的枯脚杆,
踏过来的路,多么长又多么崎岖!

她的爷娘,被山水阻隔在
南天北地,空有一封信
给她一个日子,这个日子,
给她一个希望,这个希望,
她不知道,她是绝对等不到的!
一天,你说,你给她送去了一个橘柑,
又一天,你说,你给她送了一点白糖去,
隔一天,你又说,你送给了她两颗泪珠。
你做得好,你做得真好呀!
在人生的铁门还没向她关死的时候,
(还留着最后的一点缝儿!)
叫她尝一口情感的水汁吧,
叫她尝一口人生的甜味吧,
你那两颗泪珠
会亮成两盏小灯笼,
照着她生前的心
和死后的道路。

1944年3月20日于渝歌乐山中

裁　　员

站在高枝上的,忽然想起,
要"增加行政效率",
要"节省国库开支",
轻轻地嘘了一口气,
裁员的风暴霎时间漫天吹起!
命运在点卯,
人人为了半碗吃不饱的饭
忧虑,心焦!
裁员,这名词多庄严!
它给长官一个好借口
裁去异己;
给狡猾者一个好机会,
叫他带着满包遣散费,
换一个机关去"等因奉此";
裁员对于多数老实人
才是一把刀,
裁断了他们的生活,
裁去了父母子女一家老小!

为了资历,学识,品格,能力,
牢骚不平,有什么用?
谁叫你不另换一些条件:
后台,人事,尖头,卑躬……
被裁了,就是被裁了,
没办法,就是没办法,
不见有人伸过手来,
只听见有人说风凉话:
什么"不要以官为业,
要向社会事业上去求发达";
不是瞎眼的就可以看见:
工厂在倒闭,公司在关门。
没有一条路不塞得死死的,
没有一条路子上不挤着过多的人。

裁员,
应该先从他们开刀:
多少人没有衣裳穿,
他们把好布烂了三万万元;
裁员,
应该先从他们开刀:
四十天
丢了三十个城,
没受罚,反而升了官;
裁员,
应该先从他们开刀:

人民把血肉供给了抗战,
他们却叫几万万两黄金冻结在大洋的那一边;
裁员,
应该先从他们开刀:
渎职,贪污,假公营私,
忘了公仆的身份,
无法无天,自大自尊,
踏在民众——主人的头上
把自己升成伟人。
裁掉这些枯朽的老干,
裁掉他们,一点也不冤!
裁掉他们,他们不仅是"冗员",
而是在做着,勇敢地做着,
做着神圣的事业一样,
在制造罪恶卑污的事件!
裁了,还太便宜了他们,
(有良心的话,
他们早就应该"自裁"以谢天下!)
他们还可以带着罪孽,
带着罪孽钱和罪孽种子
去给自己另寻一块湿地。
把他们住过的房子打扫干净,
洒上消毒药水,别忘了开窗子,
把当门的土地挖它三尺深,
看看地底下可埋藏着什么东西……

1944 年 3 月

变

一条吃着烂黄的叶
成长的虫子,
把自己缚在
自己做成的茧筒里,
它在苦痛中
慢慢地变。
等你重新再见时,
它已经是一只
自由飞翔的蝶儿。

1944 年夏

生命的秋天

一

呵,是秋天了,高空爽朗,
使人想象一颗智慧的莹亮,
田野旷远无边,
像高人胸怀的坦荡,
秋水:明澈,冷静,凝练,虚涵,
镜面比不上,秋水
是洗炼过的心情,
是秋天大地灵魂的眼。
呵,是秋天了,你闭上眼睛
也会听到萧杀的声音
像刀兵,像死神的脚步:
踏过枝条,树叶抖战一下
去飘零;
踏过郊原,草低垂了头颈;
踏过园林,金色的果子
仓惶地落蒂;
鸿雁惊飞了,掉下一两声嘹唳,

当它们的脚步踏过天空。

二

呵,是秋天了,我生命的秋天,
它在封建的泥土里发芽,
它在革命的气流里开花,
眼前是一个大时代呵,在大时代的风暴里,
果实在它身上累累垂挂。
我是生长在农村里的,
我是野孩子队里的一个,
乡井溺爱了我,
也宠坏了我,
它给我划定了方圆十里,
我一直沉溺了十六个年头,
在这个狭小而又无限宽阔的天地里。
我认识了中国的农民,
从脸子,到内心,一直通彻命运,
我像认识自己一样,
认识了泥土给他们
雕塑的性格:勤苦、忍耐、朴实、善良,
我认识一颗谷粒,一颗汗珠的价值;
我认识穷愁的面相,
我也认识富贵人家的门台
有多高,享的福有多大,

罪恶有多深,我也会
在生活意义上来个比照。
我认识四季的风向,
云头的变幻,阴晴风雨
我会从鸟巢口上去测量,
我能向青山说话,同流水
调眼角,我能欣赏鸟儿的言语,
虫儿的音乐,我心里充溢着爱,
这爱深到不可丈量——
我爱泥土,爱穷人,爱大自然的风光。

三

生活给我打开了
两扇大门,我顺着一条
前进的路走,背负着
一个思想,怀着热情,天真,
和一扣就响的一颗血淋淋的良心;
虽然这一些多么不入时,给我招惹来
讥笑、耻辱、苦痛甚至于灾殃,
可是我坚信,坚信着
虚伪,残酷,丑恶的阴影
决不能遮盖了它们的光芒,
宇宙,人生,必须这光芒去照耀,
照耀得它温暖,明亮。
我做过革命前线上的

一个尖兵,
我也曾流亡在松花江上,
陪伴我的是秋风;
爱情的险浪
几次向我冲打;
我活在黑色的恐怖里
像活在一道时时刻刻要倒塌的墙下。
我走着,沿一条曲折然而是前进的路径,
像一个远行客,坐上特别快车去旅行,
隔一片玻璃,看云烟,一卷又一卷,
看田野,树木,庄村,驰过眼前,
一闪就是一次人生,当你想去把捉的时候,
它已经成了茫茫的前尘。
跋过山,涉过水,穿过大戈壁,
风,一阵冷,一阵暖,一阵热,
车开进了一个站口,
木牌上标着"四十"两个大字!
回头向过去看,青春的欢乐,
欢乐的悲伤,也不过一步远,
我还是那一副耳朵,那一张口,那一颗心,
　那一双眼,
而生活的颜色,声音,味道,意义,
都变得这么可怕,这么惨!
我曾经"拭干眼泪瞅着你们变",
今天,我知道,我该"拭干眼泪跟着你们变",
历史的情感拼死地拖着我的脚,

理性的杆子却牵引我向前。
站在深黑的古井前
照一下镜子,
不管感伤像云烟,
我必须再起步向前,时代在飞,
我的步子也不容再那么蹒跚。
吓人的新鲜,说谎一样的真实,
像把梦搬到了实地上,人眼前;
我所爱的穷人,吃了智慧的果子,
从蒙蔽里睁开了眼,显示了
自己是英雄,是上帝,
用顿然觉醒的聪明,用万能的手,
在地上建立起自己的乐园;
我所憎恨的,因为它们自身的丑恶,
也为多数人所憎恨,它的寿命
像落土的阳光一样促短。
用希望绘制了多年的新生的图案,
一旦显现在眼前,这是怎么回事,
对着它,我反而有些陌生,有些畏缩,
　有些不习惯……

四

四十岁,必须战胜自家,
从老干上抽一枝新芽,
(我正在做着惨烈的斗争!)

四十岁,另换一双眼
重新去看。
理性告诉我"是"的,
情感须得从心里也说"是",
另给自己的眼睛、耳朵、口和心,
安排一套新鲜的感觉、口味、颜色和声音,
让整个的心浸润在里边
像鱼游泳在水里,
我必须变成群众里面的一个,
像我曾经是孩子队里的一个一般;
我必须再造欢乐的、"欢乐的悲伤"的
第二个童年。
我将用心去吸取生命的花朵,再酿造,
然后吐出来去营养别个;
我将用"手"治疗自己的
忧郁病、感伤病、神经病、心病——
知识分子病;
我高兴可以舒舒坦坦地活着,
活在光明的照耀里,呼吸着
群众呼吸的气氛,我情愿卸下诗人的冠冕,
做一个平平常常的人。

1944 年 8 月 14 日渝歌乐山中

擂鼓的诗人
——呈一多先生

呵,你擂鼓的诗人。
站在思想的前线上,
站在最紧要的关口上,
你擂鼓。
咚咚的,是鼓的声音,
是心的声音,是战斗的声音,
越过山,越过海,
去扣每一扇心门,
麻痹的,活动了,
累倒的,振奋了,
险恶的,战栗了,
失掉的,开始寻找他自己的心。

呵,你擂鼓的诗人。
从沉埋了三十年的经典中,
从幽暗的斗室里,
带着苦心培养的文化"血清"
你走出来——

当别人,
为了一个目的
从几千年的枯坟里
拖出了"死人",
把他们脸上贴满泥金;
当别人,
为了一个目的
把万年的烂谷糠
拿来喂二十世纪四十年代
中华民族的灵魂。

呵,你擂鼓的诗人。
经过了曲折的路径,
经过了摸索挣扎的苦痛,
你走向了人民。
把大地做块幕布,
(你是那么挚爱它!)
挂起一幅理想的远景,
你倔强地,精神抖擞地
走向它,
一步比一步接近了群众,
你的人,也一步比一步高大。
我看见
你庄严的神情;
我听见
你心血的冲涌;

最后,我看见你的头
在幕布上有斗大,
一尺长的胡须
在眼睛的星光中
飘动。
最后,像从火山口里
听到爆炸的地心,
从你大张的口里
我听见了,"呵,祖国;呵,人民!"

    1944 年 8 月 24 日早于渝歌乐山中

破 草 棚

这一间民主的破草棚,
挡不得雨,也遮不了风,
几十年了,破烂不堪,
在那里支持着一个虚名。
自从摘掉了"大清皇帝"的招牌,
就把江山指给人民:
"呵,换了中华民国,
你们变成了国家的主人。"
在"民国"庄严的名义下,
最得意的是军阀,
打着"吊民伐罪"的大旗,
彼此进行着兽性的屠杀,
一条血线
贯穿了几十年的史页,
纸面上留下了一个个大名,
旧的还没死,新的争着又来顶,
从每一个名字上
我都嗅到了血腥。
老百姓,真正的主人,

却躺在地上挨打,
挨了打还不敢说痛。
他们的人从不被看重,
然而,每一次屠杀
都假借着他们的名;
他们的人从不被看重,
可是,在筹粮筹款的时候,
他们又成了国家的主人翁。
他们活着,牺牲是义务,
痛苦是权利,
剥削他们,还说为了他们,
在自由的天地里,
到处找不到自由的影子。
老百姓,肩着一双十字架
替军阀,替财阀,替地主,替资本家,
直下到地狱十八层——为了什么？什么代价？
时光决不空过自家,
它不掩盖罪恶,也不把真理掩藏,
到时候,它把什么都按着它们的原样
暴露在太阳底下。
今天,全世界的潮流
都流向一个方向,
民主的海洋,
它有一个大的容量。
中国的老百姓,从破烂的草棚里
走出来,站立在战斗的岗位上,

把国家扶起来,用自己的力量,
使自己像个"人"地庄严地站在世界上!
被人假借了多年的名义,
已经到了期限,
他们要收回来——
连上那屈辱、忍耐和卑贱的身体,
他们的心就是"天",
看哪个敢在它上面碰一下!

1944 年 9 月

为 什 么？

这是个该当欢喜的日子，
为什么，我们的胸口里，
有一种要哭的感情
在波动？

这是个值得庆祝的日子，
国旗展开在半空；
为什么，我们却像一团纸
搓揉在一只粗暴的手中？

这是一个流血的日子，
鲜血泊里，自由诞生；
为什么，在自由的天地里
到处喊着要自由的呼声？

为什么？为什么？
拿这一些问自家，
我把答案闷在心中，
因为有东西塞住喉咙。

1944 年 10 月 9 日于渝

爱 的 熏 香

设若我死了,
设若我死前还有一点时间,
我一定写下一句最后的请求,
仅仅是一句,留给我的亲人去看。
什么也不说,把双眼一关,
死去了,曾经生活过,
没有感谢,也没有抱怨。
生活了一辈子,
希望抖战着手乞求的,
没有一件被痛痛快快地给,
这最后的请求,仅仅是一句,
你们,我的亲人,可不能再叫它缩回只空手。
可不能再叫它缩回空手,
仅仅是一句,这最后的请求:
不管路多远,山多高,水多深,
"一定要把我葬埋在故乡!"
贴近我故乡有一道西沟,
西沟崖上有一块小小的坟场,
我年轻的父亲就埋在这儿,

左右的坟里都是贫穷的乡里。
(他的乳母,带着白发和慈悲,
偎依在他身边,永远把他当一个孩子。)
这块可怜的茔地,
像一个可怜的穷村,
小小的土坟,荒草蔓延,
他们的死后,就像他们的生前。
没有石碑,没有别的标记,
连一条小径也不留,
四周都是枯瘠的田地。
就在这些穷人的身旁,
匀给我一小块安身的地方,
我们彼此挨近,像生前,
挤着点儿大家都温暖。
我们从来没有野心,
不论死后还是生前,
贫困,受苦,良善,
一个十分卑微的好人。
右手的阡崖做坟墓的枕头,
几株马尾松又瘦又硬,
它一年四季恋着清风,
一听到脚踪它就动了激情。
也常有不知名的鸟儿,
来枝头上唱歌,
唱完了,又飞走,
好给人心上保留着寂寞。

春天,野花开在我们头上,
隔着土地也闻到了芳香,
草绿了,绿得像那个人的眼睛,
细雨潮润了我们的床。
听到了叱牛,也听到了犁头破土,
犁头破坏了我们的房屋,
可是我们并不生气,
还情愿为着穷人缩一缩身子。
暴雨把西沟灌一个饱,
像一个粗暴的人日夜吼叫,
这声音叫醒了我的记忆,
我又变成了个快乐的孩子。
睁开眼什么也望不到——
除了矮的谷子,高的高粱;
耳朵也听不到别的声音,
只听到农人的歌唱,蟋蟀的歌唱,
只听到一片生机在大地上响。
秋天,白云贴着天飞,
淡,淡得像烟,
眯缝着眼看,像孩子时代,
好好地看看天,看看云彩的变换,
在生前,生活得太匆忙,
没有闲情,也没有时间。
树叶凋零了,隔一片疏林,
望过去,望得很远,
隐藏在林子身后的"西河",

在金色的阳光下一闪一闪。
那不是"焦家庄"吗？跨在河岸上，
住在这村庄里的人民，
没有一家不穷困，
没有一个不可怜，
虽然它给我童年的心上，
种满了快乐，
可是，它最怕回味，嚼咀！
大地在冬天盖一床白雪的厚被，
把头一蒙，我入了永不天亮的冬眠。
我太爱这乡土，太爱这块土地上的人民，
这爱是那么浓烈，那么醇厚，
它的熏香使我不朽！

1944 年 11 月 20 日

六 机 匠

你那两间茅草小屋,
同你弟兄们的雁字儿连起,
屋顶上的草,像主人的生活:乌黑,枯朽,
门是命运的框子,使人出入向它低头。
一个院子,三面矮墙,
青草挑在墙头上,
大门口张开了田野的空旷,
大门口,没有大门,
好让马耳山随意照过来苦寒的青光。
三十年前,你是三十岁的一个机匠,
屁股把坐板磨得崭亮,
你的心指挥着手脚,
一双眼紧跟起窜跳的梭,
你把白天的日光,深夜的灯光,
把长长的年月,不断头的酸辛,
一缕一缕地织入了布纹。
哒哒的机声响出来诗的音韵,
我,一个孩子,听不出生活的意义,
也听不懂,机声断了的当儿那一声叹息。

梆硬的炕头上坐着七十岁的老娘，
纺花车在她手下嗡嗡地响，
棉花绒飞起银花花的雪片，
落在墙角的蛛网上，落在黝黑的墙上，落在人身上，
可是，当它落到她头上的时候，便失去了它的光亮。
你那小小的庭院，便是我们孩子的天堂，
年年春三月，有一树桃花
开出你的西墙，我觉得，世界上
没有一个地方，有比你这里更可爱的春光。
夏天的黄昏也惟有你这儿的最好：
蚊子在檐前布阵，蛛网挂在墙角，
星星越看越多，蝙蝠从头顶飞过，
白色的葫芦花，一朵又一朵，
招来了长嘴的古绿哥①。
几个人坐一领蓑衣，
听你的巧嘴讲故事：
有心跳的征战；可笑的滑稽；
我的心，常随着英雄手里的一支镖
投到半空里去，三天三夜还不得着地。
鬼仙的恋情，总是悲剧收场，
我也没有一次，不为她们
堕入深深的怅惘！
你的口水顺着烟嘴淌，
故事的情味比烟丝更长，

---

① 古绿哥是北方夏夜常见的一种灰色飞蛾，吸吮葫芦花蕊的蜜汁。

你的"瞎话"篓子永远倒不完,
五天一个"集",说书场上你从不吝惜几个铜板。
我们没有表计算时间,
只看见,院子里飘满白雾,天上的星花更灿烂,
你瞌睡了,一天的劳累
压上了双眼,我们用手扒开它们,
想把你的睡意放逐,
奇怪一个人为什么要疲倦!
冬天的阳光下我看你"牵机",
把大扎子线牵来又牵去,
你腚沟里长出条粗的尾巴,
平地上刷出来一道瀑布。
夜夜忙着织布,天天忙着"牵机",
三九天,你吊一条灯笼裤子,
冷风一吹,它便响动着要把你浮起,
红鼻头上挂一点摇摇欲坠的青鼻涕。

几年过去了,你失去了老娘,
也失去了那张织布机,
你织的老土布已经不行时,
白洋布霸占了市场,好看又便宜。
你有了一张锄,你有了一头牛,
顶着你的西墙多出了半间牛的房子。
多少个春天的好日子,我跟着你,
老远老远地下西河,去耕那一块可怜的土地;
夏天,你在高粱地里流汗,

我浸在清清的河水里,
晌午,栗子行里沙滩上躺着打鼾,
有凉荫撑伞,有风摇轻扇,有蝉声催眠,
太阳爬到了脸上,睁开半个眼,把身子一翻,
擦一把横流的口水和额上的薄汗。
我们踏着黄昏的小路归来,
锄杆上搭着蓑衣,挂一个小"牛眼罐",
我提心吊胆地往家跑,带着怅惘和依恋,
听到你开了锁,吱呦推开了关住寂寞的门扇,
这时候,这时候,新月已在窥你的茅檐。
大门前一块小小的菜园,
半边栽葱,半边种烟,
五个畦子,五个弟兄,
不用问哪一份属你,一眼就可以分辨。
顺手拔一棵大葱,咀嚼着,又辣又香真解馋,
辣得心痛,辣得眼里淌泪,口里流涎——
当东风把纸鸢飞满了天,
当快乐随着手里的线越放越远,
当麦浪波动着碧绿的柔波,
当欢呼把整个的郊野填满。
呵,你西墙外场园上,
有多么富丽、多么丰实的一个秋天!
吱呦呦小车子响,驴呱呱地叫,
狗子跟着牛车跑,
四面八方的路上洋溢着收成的欢喜,生的活跃。
大豆、高粱,闪耀着灿烂的夕阳,

木锨一扬,半空里落下来

黄的金粒,红的宝石,

男女老幼一齐在场园上忙,

人人一身风尘,脸上却闪光,

隔一堵墙,也可以听到孩子的哭声,

大人的忙乱,尖鞭的脆响;

隔一堵墙,也可以闻到

高粱叶、豆秸稞的芳香;

隔一堵墙,也可以看到

浮扬的尘土扑个满庄。

太阳落了,天空换上了星星和月亮,

地上的灯光,照着人笑也照着人忙。

你的辛苦也结了果,多半的粮食上了"租粒",

剩下一点点对付着肚皮,

靠着那株桃树,居然也有了一个小草垛,

它给你一点温暖,使你的屋顶

也按时冒烟,告诉着:"我也在生活!"

你正当三十多岁,年富力强,

只有一点点土地给你敷衍着四季,

有力却没有用它的地方!

当歉年饿疯了穷人,

他们一窝蜂飞到富户去抢粮,

有的腰里别上支"盒子"

加入了土匪帮;

你却守着冷炕头和一个饿肚子,一动也不动。

你勤苦,正派,老成:

"饿死了不下腰,

冻死了也要迎着风!"①

你的四壁上贴满了小糢画②,

画着"招财童子"、"财神进门",

画着摇钱树、聚宝盆,

画一个打鱼的沈万三,

一网打到了万两黄金。

你常说:"吉人自有天相,勤俭是黄金本",

但为什么,为什么上天从没睁开过眼睛

看顾一下你要命的贫困?

你也说过,画上的仙女

夜里走下来私恋凡人;

可是,为什么,为什么四壁黄金

不曾走下来过一次,

走下来救济一个像你这样的好人?

过了几年,你又失去了

你的黄牛和那二亩田地,

(你的佃主,潮流把他冲破落了,

他不得不变卖土地过日子。)

可是你不能失去生活,

你又换了一个新的头衔:"酒房掌柜的"。

喊着打酒的声音断断续续,

---

① 乡谚:"冻死迎风站,饿死不下腰。"下,弯也。
② 便宜通俗之小年画。

手里擎一把小黑瓷壶,
人头长在墙头上,
靠窗户的墙头给磨得光秃。
"酒房"里总是满满的,
闲人、孩子和酒徒,
闲人来消磨他们的时间,
来播古搬今,来用最放肆的淫荡
给耳朵和嘴开一开荤;
孩子们来开聪明孔,来听故事,来学着打诨,
来看丑态百出的醉汉们,
鼻孔里说话,口里酒气乱喷,
酒力淹没了虚伪和理性,
恢复了他们的童骏和天真。
你也间或"嘘"几盅,
几盅酒就在你脸上烧起红云,
你的酒一火到底,
你的酒,和你的人一样清纯。
"上城背酒,走到河里掺了多少水?"
别人故意逗你开心,
你便脸红脖子粗,顿脚赌血咒:
"掺一滴水的叫他断子绝孙!"
秋雨一淋几十天,
破败了的冬瓜架下蟋蟀在叫,
西风把天地吹变了颜色,
也吹老了你墙头上的草。
在这最凄凉的秋天,

你的小屋里最温暖,
雨把人诱引了来,
一会儿,门响了,脚一顿,
蓑衣抖下了一地雨点。
你的屋成了个小小的赌窟,
炕上一"棚",是大人,
孩子们,也在地上用一副"记叶子牌"磨指头,过赌瘾。
四只手擎着四把牌,
眼光和心血全灌注在上面,
看"外包"的围了一大圈,
替别人的命运担心,
脸色随着牌叶子变。
人体的气息,呼吸的气息,烟草的气息,
再加上琐碎的嘈杂,突然的轰笑,
酿成一团温馨——
呵,那样一种醉人的气氛!
夜里,两盏小煤油灯底下
四个人在赌他们的命运,
风,鼓动着窗纸,
煤烟子摇曳着一注黑云。
这时候,我已经不再是一个
扒着你的嘴要"瞎话"的孩子,
我已经是恋赌的一员,
虽然他们夸我眼快手疾,
但我往往输得精光,恨不得老鼠洞里去挖出铜钱;
我常常作心疼的小偷,

向"老哥哥"破柜角的布袋里探手,
心想,"老哥哥"多么可怜,
心想,赢了再偷偷地给他还原;
我更忍心地拒绝了妹妹的劝告,
背着严厉的祖父,到你的小屋里
去熬一个通宵!
钱输光了,天也亮了,
带着疚心,带着失望,带着一身疲劳,两鼻孔黑烟,
偷偷地溜进房子,哀告过妹妹,
把大被一蒙,双眼一关!
为了几个"头钱",
你也陪着熬干眼,
有时候蜷在一边睡去,
醒过来一看,狗皮头上的"头钱"
已经被人借去输干。
你自己起火,自己做饭,
作兴做一顿吃它一天,
你的心巧口巧手也巧,做的饭
那么干净,那么香甜。
冬天,一尺厚的白雪压住屋檐,
当个小小的"局头"
也赚个热炕头烙烙腚眼①。
每当我远远望见你的门上搭一把锁,
它锁煞了我的希望和喜欢,

---

① 吾乡佣人自解语:"不图吃,不图穿,图个炕头烙腚眼。"

呵,真的,你这间小屋
我不来就不算一天。
有一个秋天,你秘密地出了远门,
这个秘密立刻广播成一个艳闻,
人人都知道你去了南海崖,为一个女人,
个个都说,回来的时候,你不再是一条光棍。
南海崖,女人最烂,最不值钱,
月夜排队在沙滩,
谈谈笑笑全不在乎,
反过衣后襟把脸蒙住,
几个铜板就可"摸"一个临时妻子,
白发,红颜,那全看各人的运气。
你从南海崖回来,
脸上没添一点光彩,
也没带来一个女人,
反把多年来一点辛苦钱丢在了南海崖!
从此打破了成家的奢梦,
从此,你又给爱开玩笑的人们
添了一个新的故事。
"和局"干熬油,卖酒不赚钱,
(赚了些烂账!)
接受了壮年意气的鼓动,
把门一锁,你闯了关东。
呵,关东,多么神秘的一个地方,
多么动听的一个名字!
仿佛关东的大地不是泥土,

是一块流油的膏脂；
仿佛关东的山里生长的不是石头、树木，
生长的全是金块、灵芝草和参孩子，
关东给穷困的人留最后一条路，
十年，二十年，当他们再回到故乡，
漂亮的衣服，神秘的家当，
引动了多少颗心，多少张口，多少条眼光！
你，去了一年多，又回来了，
没学上一点乖，没多上一点东西，
连衣服，连言语，回来的时候
还是去的时候那个样子。
我不知道你为什么要回来，
是禁不住思念这个拒绝了你的家乡？
才一年多，你的屋顶漏着天，
后墙的缝子裂半尺宽，
每当我从它身边走过，
我的心也一样地裂破！
四机匠，五机匠，他们有过多的孩子和穷困，
虽然是骨肉，硬骨头也不许你去投奔他们，
哪里去？哪里去？
如果没有"家后"三机匠的家给你安身。
穷人家一样处处是酸辛，
你去住，却没带上土地和金银，
你想"过继"一个侄子来"顶枝"，
可是，除了贫困，你将把什么东西
遗留给你的后人？

我常常看见你

一个人在小窗前痴坐,

有时候,对着灯光,衔一支烟袋,

烟灭了,你还在卟哑,

我知道,你的心已经不在烟上。

一九二八年秋天我亡命到沈阳,

困在你大哥王江的家里,

一个炕上睡男女八口,

一个个尽是邻里。

二十年的关东也没使他致富,

还是干着祖传的老手艺,

他的大儿子群祥,我儿时的伴侣,

却变成了流氓,混着菜行。

你当年闯关东也住在这地方,

凭一担菜担子怎样会发财?

这个环境里容不下你,

你到底走了,带着你的看不惯和正派。

我在这间小屋里做一个罪犯,

坐在炕头上像个大姑娘,

日头出来了,我没有希望,

日头落了,算又过了一天!

有一天,你突然来了,

我的心一跳,我清楚你来的意义,

你来了,我得再走远,

再向着寒冷冲去千百里!

当天夜里,对着饯别的酒

我们大家都流下了眼泪,
第二天,送我上车站,
你一路上不住地抗议:
"天呵,这是什么世界,
到处都是好人遭难!"
当我又平安地看到了家的时候,
你已经把身子租给人家当了把头①,
吃饭要看人家的脸色,
行动要听人家的命令,
一只鹫鹰,为了一口食,
把一个天空换一个竹笼。
我再没有机会常常看到你,
你再也没有心用"瞎话"娱乐孩子;
秋天打场,你叫四斗布袋
在肩头打个挺,然后笑着眼睛扫向大众:
"你看还不老吧?"
这,不知是自我嘲笑还是卖弄。

多少年不见了——
当中隔一段战争。
家乡破碎了,不再有:
一间完整的房子,一颗完整的心,一条活着的狗!
如果你还活着,是怎样的活着?
不会再死守着那老实、正派,

---

① 长工。

生活该教你学一个乖。
如果在集体农场里,
你可以做一个劳动英雄,
因为,你有那份能力,也有那份热情;
如果在工厂里,你可以做个好工人,
因为,你有那份天才,也有那份细心;
你可以做一个出色的小说家或是诗人,
如果教育不对你关煞大门。
我真真替你可惜,
像你这样一粒种籽,
错投了时代,埋在封建的泥土里,
开不出花,也结不成实。

1944 年 12 月 16 日于重庆歌乐山大天池

侧起耳朵，瞪着眼睛

敌人，从几千里以外
奔突而来，
大山阻不住它，大水阻不住它，
奔突而来，简直没碰上一点障碍！
名城，一个一个被拔掉，
像拔掉朽烂的牙齿，
土地，一天丢一百里，
比黑死病的传染更快。
日月从沦亡的河山上
移走了光圈，
把人民撇在黑暗里——
一个地狱世界。
近了，敌人走在消息的前面，
近了，战事令最乐观的人
也不能再安稳地睡觉。
如是，山城这个臭水缸
被搅动了，
从柜台，从课堂，从工厂，
从办公室，从高高的宝座上，

一齐被掷下来,
茫然又惊惶!
他们,失掉了偶像,
也失掉了信心,
(因为以前他们太容易相信!)
让自己在事实面前发抖,
在消息丛里迷乱,
在谣言的海里浮沉。
人人依恋他可怜的现状,
平日抱怨它,
今天,却有一种要永别的悲伤,
人人在计划着一个渺茫的未来,
未来,它的名字就叫"不堪设想"!
人人要脱开这个生活的壳子,
不,是它不容人再在里边躲藏。
就这样,一看就叫人心碎的难民,
也许就是自己的前身,
就这样,夜里的噩梦,
也许会成为事实的影子,
就这样,过一天算二十四小时。
号外的好消息
镇不住人心,
空头支票
当不了现金,
人人在瞪着眼睛看——
看民众,

(是时候了,让他们起来罢!)
看军队,
(让他们吃饱穿暖,明白为什么,为谁在打!)
看敌人。
(不让它随意来,高兴了又退回!)
人人在侧起耳朵听——
听外交的动向,
听团结的消息,
听民主潮流的升涨。
"新生,或是死亡,"
时机站在眼前
立逼一个答案!

  1944年12月日寇窜抵贵州,重庆震动。

宝 贝 儿

对于炫人眼目的那些什么告,什么书,
我没有话讲,只有佩服,
典故用得真多,文句雕得也真有功夫,
它美丽,美丽得像一朵纸花,
它圆通,博大,
像一件出租的礼服。

还有那些调调儿,
一张口就是,
不论何时,也不论何地,
只须把机头一上,
就开了心的戏匣子。

好话说三遍狗也嫌弃,
画的饼儿充不了饥,
今天,什么也不要看了,
今天,什么也不要听了,
快快地,快快地,把它请出来,把它请出来——

千万人呼唤了千万遍的
那个"事实"的宝贝儿。

1945 年 2 月

星　点（九首）

一

"伟大！伟大！"
说顺了嘴
再也不觉得肉麻，
"伟大！伟大！"
听惯了，
仿佛它就是你自家，
伟大？什么！
不过是把人性
调换了一副铁甲。

二

神秘,残忍,吹捧,
这三合土,
在常人心坎上
塑成功"英雄"。

三

你觉得，
自己崇高得不得了，
请站在喜马拉雅山脚下
向上一抬头，
请站在大洋的边岸上
向远处一放眼，
请站在群众的队伍里去
比一比高。

四

我爱一棵小草，
我爱一颗小星，
我爱孩子的眼，
我爱一缕炊烟
缠起微风。

五

苦难是滋养人的，
把诅咒吞下去，
让它化成力！
不要想象着自己的孤独，悲愤，

在茫茫的人海里,
心在寻找着心。

六

你会觉得心的太阳
到处向你照耀,
当你以自己的心
去温暖别人。

七

你问我生命的意义,
我说,它的意义
就在于它永远不满足。

八

渴望着家,
到了家,
却永远失掉了家。

九

回忆,
是彩虹,是深渊,是墓场,

它粘贴着我,
像一件湿的衣裳。

1945年3月

捉

暴烈的拳头
打在门板上！
星星震动得
要坠落，
狗子疯狂了，
要把整个山村
抬起来！

死寂了一霎，
敲得更起劲了，
这回不再是用手，
声音那么沉重！

迟疑又迟疑，
门，
终于在叱咤声里
吱呦一声开了，
杂乱的脚步
踏进了当门；

又听见

到处搜索，

接着是

绳索响，

末了，微弱的反抗，

像一只小雀子

被捏在一只大手中。

杂沓的步子

响过小院落，

火把在我的窗纸上

恐怖地一闪，

一个老太婆凄厉的哀号

像投在黑暗大海里的一块石子，

激起来的波纹，

渐渐远，

渐渐渺茫……

1945 年 4 月 21 日于渝歌乐山大天池

第 三 辑

消　息

一听到最后胜利的消息，
故乡,顿然离我遥远了。

> 1945 年 9 月于渝歌乐山

毛泽东,你是一颗大星

毛泽东,你是一颗大星,
不亮在天上,亮在人民的心中,
你把光明、温暖和希望
带给我们,不,最重要的是斗争!
你举着大旗,一面磁石,
从东南向西北,激流一样地冲击,
冲过千重山,万重水,
冲决了一道又一道围困的大堤,
这二万五千里的大工程,
有什么可以比拟!有什么可以比拟!
有些吃反动宣传饭的家伙,
在你脸上描红胡子,乱涂水粉;
有的人也太过分,
把你的事业当神话来过瘾。
我们朴实的人民不这么想,
我们认定你是一个
顶精干的人,顶能战斗的人,
把生命,希望,全个儿交付给你,
我们可以毫不担心!

你领导的成功,并不是什么奇迹,
抓住人民的要求,你就慷慨地"给";
你的大业如果有点什么神秘,
那就是革命,革得真,革得彻底!
你使陕北的一片荒山,
生长出丰足的五谷杂粮,
你使千万穷苦的人民,
有田种,有饭吃,还有文化的滋养,
疾病袭来了,
有药石代替巫卜的仙方。
在你荫庇下的人民
重新活了,像春风里的枝条,
眼里不再淌酸辛的泪水,
恐怖,恼恨,也从心里拔去了根,
屋檐挨着屋檐,邻人们互相亲近,
血脉,感情,心灵,活泼泼地,
像流水,彼此灌注,交流,
淙淙地流出了生之欢快的声音!
在延河两岸,在解放了的土地上,
人民,有心情也有权利唱自己心爱的歌;
诗人,小说家,随着自己的心愿写自己心爱的
　　诗句和小说;
工人不再愁没工做,而且只管做工,
就不必再愁别的什么;
士兵在打仗,这还不算,
他们明白打仗的全部意义,

他们才打得那么勇敢,

八个年头,解放了半个中国,

解放了的人民,少说一点,也有一万万多。

这些土地上的人民,活着才真是活着,

活着,才像活在自己的祖国里,自己的大家庭里,

他们生命的天空上,

天,已经放亮。

延安是一块新的土地,

延安是一个光明的海洋,

新的土地上产生新的人类,

延安,多少人念着这个名字,

心,向着它打开了天窗。

毛泽东,你是全延安,全中国,

最高的一个人,

你离开我们千万里,

你又像在眼前这么近……

为了打倒共同的敌人,

你主张团结,抗战胜利了,

你还是坚持团结,

因为你知道,今天人民要求的不是内战,

是和平,是民主,是建设。

用自己的胸膛

装着人民的心,

你亲自降临到这战时的都城,

做了一个伟大的象征。

从你的声音里,

我们听出了一个新中国,
　　从你的目光里,
　　我们看到了一道大光明。

1945 年 9 月初

附记:1945 年 9 月初,在重庆第一次见到毛主席,激奋之余,写了这首颂诗,以"何嘉"的笔名登在 9 月 9 日的《新华日报》上。

1978 年秋

胜 利 风（十首）

一

弹一弹帽子，
弹去了战争的尘土，
照着八年前的老样子
把它戴上去。

二

放下屠刀，
立地成官，
换一换帽花①，
换一换旗子，
这很简单，很简单。

---

① 国民党的有些部队，投降了日本侵略军，美其名曰"曲线救国"。抗战胜利后，他们把帽花一换，官复原职。

——1978 年 10 月 25 日

三

当年,
"你"向东,
"我"向西,
绕来绕去,
"我们"又在胜利的大路上
会了齐。

四

我提议:
把流亡在美国的那几万万两黄金
铸胜利九鼎,
鼎面上,反反复复刻上三个字:
老百姓,老百姓,老百姓……
因为,他们才真是劳苦功高,
却不自居英雄。

五

这里忙着:
论功,行赏,
分封,列土;
人才,在无缘的角落里,

闲敲着满肚皮的抱负。

六

同事,同学,同乡,
断了八年的关系,
忙着重新接上,
这是一场很好的交易,
各取所需,皆大欢喜。

七

论亲戚,拉交情,攀姻缘,
你说这是老作风,
我说:
革命也不妨杂一点封建!

八

政治犯在狱里,
自由在枷锁里,
难民在街头上,
飘飘摇摇的大减价旗子,
飘飘摇摇的工商业,
这一些,这一些点缀着胜利。

九

自由呵,
是指着肚皮给孩子起的一个小名。

十

我生活在祖国里,
恐怖日夜向我追踪,
我生活在祖国里,
却像旅行在一个陌生的地方,
失掉了通行证。

1945 年 9 月

人民是什么

人民是什么?
人民是面旗子吗?
用到,把它高举着,
用不到了,便把它卷起来。

人民是什么?
人民是一顶破毡帽吗?
需要了,把它顶在头顶上,
不需要的时候,又把它踏在脚底下。

人民是什么?
人民是木偶吗?
你挑着它,牵着它,
叫它动它才动,叫它说话它才说话。

人民是什么?
人民是一个抽象的名词吗?
拿它做装潢"宣言"、"文告"的字眼,
拿它做攻击敌人的矛和维护自己的盾牌。

人民是什么？人民是什么？
这用不到我来告诉，
他们自己在用行动
作着回答。

        1945年冬于重庆

枪筒子还在发烧

掩起耳朵来,
不听你们大睁着眼睛说的瞎话,
癞猫屙了泡屎,
总是用土盖一下。

苦苦打了八年,
刚刚才打出了一个希望,
仿佛怕这希望生长,
当头就给它一棒!

大破坏,还嫌破坏得不够彻底?
大离散,还嫌离散得不够惨?
枪筒子还在发烧,
你们又接上了火!
和平,幸福,希望,
什么都完蛋,
人人不要它,它却来了——
内战!

1945 年 12 月

"重 庆 人"

接收人员
还没到的时候,
人民
祈祷着,盼望着他们。

接收人员
刚到的时候,
人民
欢迎着,崇爱着他们。

接收人员
呆久了些时候,
人民
用最刻薄的话
骂他们,
用白眼珠子
看他们,
上给他们一个尊号:
"重庆人"。

1945 年冬于重庆

给一个农家的孩子

不知道他的岁数,就说他十三四;
不知道他的姓名,就算他张王刘李。

秋天的黄昏
快要降落的时候,
刮着冷清清的风,
落着淅零零的雨,
你,从一个小山岗上走下来,
向着另一个小山岗迈着快步,
我多想,多想向你打一个招呼,
可是,终于让你默默地走了过去。

冬天,太阳的光芒很短,很短,
而寒冷却很长,很长,没有边际,
我看见你同你的爸爸,
(我心想他是!)
又经过我门口的山路,
他左肩上
挂一架滑竿,

你的右手里
提一小口袋米,
(我心想它是!)
我多想,多想向你们打一个招呼,
可是,终于让你们默默地走了过去。

以后,我常常在碰到你们的那个时间
站在门口里,
徘徊又徘徊,徘徊又徘徊,
感到填不满的空虚,我想哭。
以后,自自然然地我们成了相识,
见了面,点点头,彼此送一个微笑作招呼,
我问你的家在哪儿?
你向着面前的一个小山岗一指,
远远的,远远的,我望见了一座小茅草屋,
屋顶上,有一缕微弱的炊烟正在升起。

以后,我常常在门口的小路上走来走去,
以后,我常常站在田坎上
朝那个小山岗望个半晌,
我,我心的深处,紧紧拥抱住一个小泥火炉。

以后,我就是坐在房里,
就是睡在床上,我也会碰到你;
以后,我就是离开这里,
我也会看到一个可亲的影子;

以后,我就是走出去千里万里,
我也会看到那个小山岗,
那一缕微弱的炊烟从茅草屋顶冒出;
虽然,我并叫不出你的名字,
你也同样不知道我的!

      1945 年 12 月于渝歌乐山大天池

邻　居
　　——给墙上燕

欢迎,你,
来我这堂屋里安家,
在这苦难的岁月里,
我们一样是作客在天涯。

听说,你顶会选择人家,
我高兴你来和我做近邻,
这座房子,可以避风雨,
我们都有一颗无害于人的心。

我给你在东墙上钉了一个竹窝,
一早,我忙着给你去开门,
晚上,我留着门等候你,
像等候一个迟归的亲人。

为什么,飞来飞去
总是孤孤单单的一个?
我怕看见你的影子,

也怕听到你的歌。

暴风雨快要来的时候,
我手把住门站在屋檐下,
东边望了西边望,
觉得心焦又觉得害怕!

今天,你说我有多么快乐!
当我看见你不再是一个;
我的心永远不能安宁,
如果有一个人不能幸福地生活。

      1946年春于渝歌乐山大天池

飞

物价
决不向胜利低头,
它硬要和钞票的印刷机
跑一跑百米。

从统制的条文里,
从权贵的掌心上,
从囤积堆栈的顶顶尖——
它飞,牵着一条生命线,
到处里飞,
自由自在地飞,
不能自已地疯狂地飞!

多数人叫苦,穷愁,
一步一步逼到了生的尽头;
少数人欣喜,狂欢,
一个黄金梦实现在白天。

道义,廉洁,节操,

让傻子们抱住它们
去受穷,去死掉;
聪明人什么都不怕,什么也不管,
该下手时就下手,
在冒险里行乐,
在涨风里撑起投机的船。

它抬高了柴米油盐的身分,
叫人细细去咀嚼树皮草根;
在另一群人的嘴里,
它也叫
山珍海错失去了味道。

它叫一条身子穿上千百万,
它也叫另一些人披着麻袋过冬天,
它叫一个穷光蛋
一觉醒来成了百万富翁,
它也叫百万富翁
一转眼变成一个穷光蛋。

它飞,高飞,再高飞,
摔下一个这样的人间,
它在半空里鸟瞰。

1946 年 4 月 30 日于渝歌乐山大天池

"警员"向老百姓说

亲爱的赵大爷,钱二哥,孙大娘,李幺嫂,
亲爱的诸位市民,各界同胞!
我们常常摸着胸口问自己,
我们长官训话的时候也常常提起:
"你们吃的哪个的饭?
你们穿的哪家的衣?"
"都是人民的,都是人民的,
人民就是我们的主子!"
所以,所以,亲爱的同胞,
保护你们是我们的唯一天职!
我们一向工作
本着这个目的,
何况就到了今天,到了今天,
人人都说是"人民世纪",
这更是义不容辞!
　　　　义不容辞!
我们要常常登门拜访,
日期没有准,时间也说不定,
总之,我们要来得很勤,很勤,

警民打成一片,
大家亲爱精诚!
我们要访问贵府家有几口?
几个娃儿,几个大人?
几个男,几个女,
几个在家,
几个出了门?
连生日八字也要弄个清楚,
到底是生在民国,
还是光绪宣统年间?
在什么地方落的草——
哪一省,哪一县,
哪一保,哪一甲,
门牌多少号?
在什么时辰下的生?
子时,丑时,还是寅卯?
小字?别号?学名?乳名?
顺便我们再问一问绰号,
因为它最能够代表一个人的品行。
你曾祖父叫什么名字?
在阳世活了多少年?
是做官?是经商?
是务农?还是下苦力吃饭?
他死了,埋在什么地方?
坟的山向朝北还是朝南?
你祖父,你父亲,

又是些什么样的人？
如果是死了，
是病死的？是自杀死的？
还是有别的其他原因？
他们活着的辰光，
都是做些什么事情？
死了的时节，
哪些人曾来灵前哭过？
眼泪流了多少？
哭的伤心不伤心？
现在，撇开死的，
向活的访问：
你家里有几间屋？
几扇窗？几合门？
你灶门的方向朝哪？
墙头有几尺高？
墙外是旷野，是河流，
或是别的近邻？
这鬼年头，奸险匪暴到处横行，
哪些人常同你来往，
我必须暗地里替你留心！
我还要留意你的一些特征——
高个儿还是矮子？
肥白还是黑瘦？
穿中装还是西服？
什么颜色？什么质地？

出门的时候，
常向西还是向东？
常坐车还是步行？
为了这一些大事小节，
我们鞠躬尽瘁，不辞劳苦，
无非是，无非是为了你们的安全，
随时随地好加以保护！
我还想侦察一下
你们都在看些什么书？
参加些什么活动？
对国家大事作何感想？
脑子里装着一些什么？
这绝对不是我们多事，
为了责任，我们不能不替你们担心，
这是什么时代呀，
这时代，邪说像猛兽到处吃人！
这，你们该明白了，
我们"深入民间"全是为了你们；
可是，你听，多少人在乱嚷乱叫，
说我们是"法西斯蒂"，
真是"好心当了驴肝肺"，
真是冤枉，真是岂有此理！
亲爱的市民们，
千万不要听那一派胡扯，
这明明是坏蛋们别有用心！

1946年5月22日于渝歌乐山大天池

叮　咛

年年春天快要尽头的时候,
落过几场知时的好雨,
屋后的小园子涂了油的一样,
坚硬的土块子便自己酥软了下来。

岁月这么悠久,这么艰难地过去了,
战争教给人到处为家,
就像经营着故乡里的那"南园",
我们经营着这一点点土地。

沐着蒙星蒙星的霏霏雨
去挖土,
好大的云雾呵,
白茫茫,飘忽忽,
这是在哪儿呀!
那青山呢?那村庄呢?那树木呢?
哪里是南北?哪里是东西?

太阳底下,我们也不敢爱惜自己,

地上,一个斗笠的大影子,
像被轻风追赶着的一片黑云,
我们怀着对土地的恋爱,
怀着孩子天真的游戏和创造的专心,
划出一个畦子,又一个畦子,
在畦子上留下了自己浅浅的脚印。

我们呼吸着新土的芳香,
我们打着光脚板,这也是一种最美的享受,
把一粒一粒种子撒在土窝窝里,
轻轻地,轻轻地盖上一层土,
额上的汗珠子一滴一滴地往下落,
也一起埋到了泥土里去。

这时节,我屋子左角,
孩子们叫做"映山红"的山上,
一阵一阵迸发出孩子们的欢笑和惊呼。

我们一早一晚,
到堰塘里去打水,
肩头上,
扁担吱吱地叫,
水桶里,水哗哗地笑,
水里有一面蓝天,
蓝天上彩霞在动荡。

我们不能叫土地挨着干渴,

我们不让一棵草夺去一点水分,

像保护一个娇惯的孩童,

我们保护着我们的种子。

我们没有一天不去看它,

低着头,想从土里探听出一点消息,

像一个小孩子把一枝折断了的柳枝插在土里,

一会儿跑去看看,有没有长成一棵绿叶成荫的大树。

可是,它并没有叫我们失望,

一个个绿色的小头顶破了土,

玩赏着那小土帽子,我们又惊又喜,

仿佛这是不可能的一样!

我们看着它们分瓣,看着它们挺起身子,

看着轻风帮着它们那摇摇摆摆的躯体

攀住了青竹"站站"①,用青春的活力向上爬去。

我们看着它们的绿荫盖过了土地,

我们看着它们开出白色的小蝴蝶花,

蝴蝶飞了,撒下绿的片片,

几场催生的细雨过后,

鼓胖胖的四季豆上搭下挂,

所有的"站站"一齐弯下了腰。

自己的劳动结了果实,

---

① 竹竿。

摘满一篮子,又是一篮子,
当口里咀嚼着这美味,
我们的心是多么甜,多么满足!

胜利的"火炮"响了,
最后一次闻一闻火药气息,
每一个人就是一串火炮,
要在狂欢里爆炸了自己!
我眼睛里流出了八年来的第一滴泪,
也是第一次感到,同家乡中间隔着千山万水,
我整理好了破碎的行囊,整理好了破碎的心绪,
给自己预约了一个和平安乐的农村生活。
我想,我一定比春风
抢先回到故乡,
扶着"南园"的秫秸"帐子",
和青青的麦苗,和青青的菜苗,
一齐享受着那和暖的春光。

所以,我让屋后的园子闲着休养,
让去年的萝卜种在上面长成伞,
让土块干瘪着想锄头想得发恨,
我想,这一回我要完全抛弃了它,
像抛弃多少年来的生活。

冬天在冷雨和长夜里熬过去了,
冬天过去了,又来了春天,

"映山红"山上又有了孩子们的欢笑,
我的小园里是一片猖獗的野草。
春天又黯淡地走了,
我依然在这小小的山窝里,
听一声又一声"不如归去",
像裂碎了一颗又一颗的心!
杜鹃鸟呀!你就是鲜血从口里直往外涌,
我也没法听从你的叮咛,
因为,在我归去的道路上,
又横上了新的战争!

    1946年5月于渝歌乐山大天池

歌　乐　山

我放弃了歌乐山,
我永远占有了歌乐山。
歌乐山,歌乐山,
把脚印子留在战地上,
我在歌乐山的山窝里
静静地生活了三年。

我放弃了歌乐山,
我永远占有了歌乐山。
歌乐山,歌乐山,
那青峰,那绿竹,那云烟,
杜鹃叫得啼血的季节,
那满山血红的红杜鹃。

我放弃了歌乐山,
我永远占有了歌乐山。
歌乐山,歌乐山,
大院子,老土屋,
我的心舒帖帖地

贴近着那一家农民，我的好邻居。
我看着他们忙，
我帮着她们忙，
我看着田里的秧子长成针，
我闻到满院里谷子香，
小园子里长着各种青菜，又肥又嫩，
男的忙，女的忙，睡半夜，起五更，
带着星光担到菜市上。

歌乐山，歌乐山，
我怕想离开歌乐山的那一天：
大孩子们追着我，小孩子们哭，
老太婆叮嘱了又叮嘱，
我像一个初次离家的孩子，
头也不敢回，含着眼泪走下了那条小山路。

"明儿你走了，走到南京，走到天边，
我们不是一样可以看到这颗大星？"
那位姑娘说这句话的时候，
她抬起头来望着西天，
那儿有一颗大星，出得最早也最亮，
天一煞黑，它便在西边的山头上向我们眨眼。

我在大江的黄昏里，一个人向着这颗大星望个半天，
它一直跟着我来到了这海边；
托着它的那山峰呢？

和我并着肩看它的那些人呢？
歌乐山,歌乐山,
我放弃了歌乐山,
我永远占有了歌乐山。

        1946 年 8 月 3 日下午于沪

星　星

我爱听
人家把星
叫作星星。

夜空是另一个世界,
星星是它的子民,
谁也不排挤谁,
彼此密密地挨近。

它们是那么渺小,
渺小得没有名字,
它们用自己的光圈,
告诉自己的存在。

仰起脸来,
向着那白茫茫的银河,
一,二,三,你数,
呵,它们是那么多,那么多……

1946 年 8 月 4 日午于沪

竖立了起来

竖立起来的不是铜像
而是普希金他本人

一百一十年前的沙皇,
他的骨头
已经腐烂在
他统治过的那块土地上;
他的声名
也在一天一天地黯淡,
像一颗大星
没落在历史的黎明。
然而,当年他却是那么威风,
把宇宙挂在一个小拇指上,
叫它旋转,
举起一只巴掌来,
可以遮盖整个的天空!

一百一十年后的普希金,
生命开始展开,

把精神凝铸成铜像，
以世界作基地，一个又一个地竖立了起来。
你高高地站立着，
给人类的良心立一个标准，
你随着时间上升，
直升到日月一般高，
也和日月一般光明。

你站在那儿
向苦难的人群招手，
把温暖大量地抛给；
你站在那儿
向斗争的行列指示，
给他们以全力的支持！
你站在那儿
像一个讽刺，
唾向那一张一张的面孔，
那些面孔就是险阴、残忍、庸俗和自私。

小孩子们
在你脚下的草地上玩耍，
仰起脸来望望你，
呼一声"普希金伯伯"；
你笑着，要走下来，
摸摸他们的头，
加入进他们的队伍一道去嬉戏。

走过你身边的人们,
忽然停住了步子;
你,默默地在想什么?
想给他们朗诵一篇自己的诗?

你庄严而又和蔼地
站在那儿,
仿佛可以听到你心的跳动
和透露出喜怒哀乐的呼吸。

我,一个中国的寒伧诗人,
你生前遭受过的,
在我也全不稀奇,
剪刀和监牢向我张着大口,
诽笑、穷困永远跟在我后头,
我爱祖国的人民和土地
和你爱的一样深,
可是,这也是一样的呀,
这种爱在眼前的中国,
是犯法,而且有罪的!

一百一十年的时间
校正了一点:
当年,在俄罗斯,是诗人领导着人民向前走,
在中国,今天,人民却走在了诗人的头前。

1946 年 12 月 20 日

发热的只有枪筒子

不要看百货公司
那分神气,
心血枯竭了,
它会一头倒下来碰死!

不要看工厂的大烟囱
摩着天,
突然一下子
它会全不冒烟!

揭开每一口灶门,
摸摸那一堆冷灰,
把手搭在心口窝,
去试试每一颗心。

一夜西北风
冻死那么多的人,
大半个中国,
已经是人鬼不分!

这年头,哪儿去找繁荣?
繁荣全个儿集中在战地;
这年头,什么都冰冷,
发热的只有枪筒子!

> 1946 年 12 月 21 日于沪

你　　们

你们宣传说,我不再写诗了,
对不起,我给你们一个大大的失望,
我被你们的话鼓励了,
我的诗兴猛烈得像火!

如果诗就等于风花雪月,
不劳你们提示,我早就搁笔了;
如果诗就是无病呻吟,
连我自己早就感到羞愧了。
我不是没有事做,
才伏到桌子上,皱着眉头,
去制造一点诗意和没有源头的感伤;
不是因为我有太多的时间,
才像一个工匠琢磨一块玲珑的宝石,
为了好玩,我琢磨着一些冷冰冰的诗句。

不是的,不是的,不是的呀!
我有太多的悲愤要把胸膛爆炸开呵,
我有太多的感情要冲涌而出呵,

我的心被火燃烧着——
那羞耻的火,
那困恼的火,
那生之苦难的火呀!

我要活着,
我要有饭吃,有衣服穿,
有屋子住,有自由的空气呼吸,
我也要我的家人,
我也要每一个人都能活,
都能活得像个活的样子呀!
但是,我得不到我所要求的,
千千万万的人得不到他们所要求的——
那么低微的起码的要求!
因为我们太老实,太善良可欺,
因为我们的心始终是红色的。
这就成为我们受苦的理由,
这就成为我们"不顺眼"的理由,
可怕的人反把我们看做是可怕的了。

我们的良心,
比你们金钱的声音
更响亮,
我们亵衣上的污秽,
也比你们的"道德"高尚,
我们的穷,是堂堂正正的穷,

而你们,呸,只有一个大肚皮,
天知道那里面装着些什么东西!

我要写诗,
因为我要活下去,
而且,越活越起劲!
我明白,在我们消极的时候
你们才积极起来!
我要用我的诗句鞭打你们,
就是你们死了,我也要鞭打你们的尸身!
我要把我的诗句当刀子
去剖开你们的胸膛;
我要用我的诗句
去叫醒,去串连起
一颗一颗的心,
叫我们的人都起来,都起来,
站在一条线上,
向你们复仇!复仇!

我的心这样沉重,
我以我的诗句呼吸;
我的心这样憎恨,
我以我的诗句宣泄;
我的心这样悲痛,
我以我的诗句哭泣;
我的心这样高兴,

我以我的诗句欢呼。

你们使我这样激动,
你们使我更积极,更勇敢,
你们使我的诗句增加了力量,
呵,你们呀,你们呀,你们呀!

1946 年 12 月 28 日灯下于沪

谢谢了,"国大代表"们!

谢谢你们,
两千多位
由二十几个省份的"民意"
制造出来的"国大代表"!
你们辛苦了,
冒着冷风,
冒着翻车和飞机失事的危险,
不远千里而来,
为了民族,
为了国家,
为了千秋万代的子孙!

真的谢谢你们了,
你们为了国家的"百年大法"
彼此辩论得脸红耳赤,
(又是"锅贴",又是"汽水"①。)

---

① 国民党伪"国大"开会时,丑态百出。"锅贴",打耳光;"汽水"指"咝咝"嘘斥之声。

——1956 年注

有的把性命也牺牲了,呵,竟至如此,竟至如此!
一时也没忘记民众的嘱托,
你们是那么认真,
　　　那么热烈,
有"反",有"正",
产生了那么庄严完美的一个"统一"!
从此,
我们的国家
有了一条轨道,
从此,
我们老百姓
可以"治",
可以"有",
可以"享"了。
从此,
我们不再被拉夫,抽丁,剥削;
从此,
我们可以不再挨饿在家里,冻死在路旁;
从此,
我们不再自行落水,或者终年患着窒息……

谢谢你们,
劳苦功高的代表!
虽然你们已经
回到各省去受同胞们的爱戴去了,
但是,你们留下了一部大"宪法"

做一个永久的去后之思!
你们开了那么多天的大会,
才花了八十多亿,
现在的钱又毛,这真不成个数目,
招待不周,一切委屈,
请多多大肚包涵了。
这部奇迹,这部"百年大法",
真是我们的无价之宝,
就算一千万元一个字,
天理良心,它也值,它也值!

你们走了,
把整个石头城撇空了。
可是,我们情愿
挤在公共汽车里做沙丁鱼,
看着"招待车"空着满街跑;
我们情愿
进不到馆子,饿瘦一点,
好向你们表示一点敬意;
我们情愿
身上的灰垢蓄一寸厚,
也把澡堂子让出来,
叫你们躺在那儿多多休息一会儿;
我们情愿
多出血汗钱买点贵东西,
决不怨恨,反而觉得高兴,

因为,由于这一切,
我们才感觉到你们贴近在我们身边,
你们是在"这里"!

你们走了,
你们竟然撇下我们走了!
我们感觉着多么空虚!
连那座大会堂,
连街上那一条一条的大红柱子,
连门前的石狮子也说上,
顿然被闪得直挺挺,死板板,空虚虚,
没有半点生气!

当我乘着开放的机会
走进这座大会堂,
呵,我多么高兴!
又多么悲伤!
我向每样东西上
去接触你们的眼光;
我向每一口呼吸里
去嗅味你们的"正气";
我向每一寸地板上
去印证你们"伟大"的脚迹……
我仿佛听到
你们滔滔的雄辩,
我仿佛看到

"崇高"的影子一个又一个站立了起来……
我由于感激流下的眼泪
把一切都模糊了。
我严肃而又恭敬地
一步一个战栗地
走上了高高的主席台，
向着主席的"宝座"
落座了下来，
我觉得我害怕，
然而我心里念念着：
我也做了一秒钟的"主人翁"。

        1947 年 1 月 2 日于沪

生命的零度

前日一天风雪,
昨夜八百童尸。

八百多个活生生的生命,
在报纸的"本市新闻"上
占了小小的一角篇幅。
没有姓名,
没有年龄,
没有籍贯,
连冻死的样子和地点
也没有一句描写和说明。
这样的社会新闻,
在人的眼睛下一滑
就过去了,
顶多赚得几声叹息;
人们喜欢鉴赏的是:
少女被强奸,人头蜘蛛,双头怪婴,
强盗杀人或被杀的消息。

你们的死
和你们的生一样是无声无臭的。
你们这些"人"的嫩芽,
等不到春天,
饥饿和寒冷
便把生机一下子杀死。

你们是从哪里来的?
是从那响着内战炮火的战场上?
是从那不生产的乡村的土地里?
你们是随着父母一道来的吗?
抱着死里求生的一个希望,
投进了这个"东亚第一大都市"。

你们迷失在洋楼的迷魂阵里,
你们在珍馐的香气里流着口水,
嘈杂的音响淹没了你们的哀号,
这里的良心都是生锈了的。

你们的脏样子,
叫大人贵妇们望见就躲开,
你们抖颤的身子和声音
讨来的白眼和叱骂比悯怜更多;
大上海是广大的,
　　　温暖的,
　　　明亮的,

　　　　富有的，
而你们呢，
却被饥饿和寒冷袭击着，
败退到黑暗的角落里，
空着肚皮，响着牙齿……

一夜西北风
扬起大雪，
你们的身子
像一支一支的温度表，
一点一点地下降，
终于降到了生命的零度！

你们死了，
八百多个人像约好了的一样，
抱着同样的绝望，
一齐死在一个夜里！
我知道，你们是不愿意死的，
你们也尝试着抵抗，
但从一片苍白的想象里
抓不到一个希望
做武器，
一条条赤裸裸的身子，
一颗颗赤裸裸的心，
很快地便被人间的寒冷
击倒了。

你们原是

活一时算一时的,

你们死在哪里

就算哪里;

我恨那些"慈善家",

在死后,到处捡收你们的尸体。

让你们的身子

在那三尺土地上

永远地停留着吧!

叫发明暖气的科学家们

走过的时候

看一下;

拦住大亨们的小包车,

让他们吐两口唾沫;

让摩登小姐们踏上去

大叫一声;

让这些尸首流血,溃烂,

把臭气掺和到

大上海的呼吸里去。

1947 年 2 月 6 日于沪

自 焚

日前《大公报》"南汇通讯"：一农家青年，因抽丁中签，黑夜堆柴自焚死。

乘着别人都睡了觉，
乘着鸡不叫，狗不咬；
人间的吉凶它们全不管，
天上的星星挂得那么高。

白天亲手打的柴，
今夜，把它堆好，
堆好了，坐到当中去，
手里是火柴，心里是苦焦。

"爸娘，儿子不孝了！
硬逼着去当兵，
死在自己家里
比死在战场上好。"

第二天他被发现，

隔夜的骨灰已经发寒,
父母大哭,他们失掉了一个儿子,
保长顿脚,他的这一名壮丁怎么去补足!

1947 年 2 月 13 日下午

不 得 了

内战
打；
黄金
跳！
"已破五百关！"
啊呀，
不得了！

内战
打；
黄金
跳！
"叩六百大关！"
啊呀，
不得了！
不得了！

内战
打；

黄金

跳！

"暴涨至八百万！"

啊呀，

不得了！

不得了！

不得了！

内战

打；

黄金

跳！

"向千万探头！"

啊呀，

不得了！

不得了！

不得了！

不得了！

生命

和生活

肉搏，

最后的关头

到了！

1947 年 2 月 13 日灯下

"大 赦"

监狱
是地狱,
地狱又小又黑暗;
但,地狱里有地方安身,
有人管饭。

出了监狱的大门,
日月光明了,
天地又广又阔,
但,哪儿去呢?
得到了自由,却失掉了生活!

1947 年 2 月 15 日灯下

表　　现
——有感于台湾事变

五十年的黑夜，
一旦明了天，
五十年的屈辱，
一颗热泪把它洗干，
祖国，你成了一伸手
就可以触到的母体，
不再是，只许藏在深心里的
一点温暖。

五百天，
五百天的日子
还没有过完，
祖国，祖国呀，
你强迫我们
把对你的爱，
换上武器和红血
来表现！

1947 年 3 月 8 日于沪

被遗弃的角落

春天,
徘徊在开着桃花
垂着柳条的土场上,
春天,
点缀在燕子的尾巴
蝴蝶的翅膀上,
春天,
啭动在百鸟的舌尖
水流的绿波上,
春天,
透露在
情人的眼睛里,
闪耀在
缤纷的春衫里,
欢腾在
秋千架下的笑声里。

春天,
不踏到这儿,

连阳光
也回避着这一堆垃圾。
这里有
美国罐头的空筒子,
有记载着内战消息的烂报纸,
有破布,碎碗,水果皮,
有一些叫不出名色的东西……
这里活动着
另一群动物:
嗡嗡的苍蝇,
潮湿的小虫,
一个又脏又瘦的孩子
埋在他自己的手
扬起的灰尘里。

1947 年 4 月 2 日

渴 望

我是一棵小树,在田野上生长,
一只手,硬把我挪到这马路的一旁,
我的身子受到了汽车的冲撞,破皮流血,
我日夜怀念着老牛的弯角和农人的大手掌。

再没有那样的清风
吹得我一阵快乐地摆荡,
再没有好鸟儿
站在我的头顶上歌唱,
我再也不能和我的弟兄
排得高高低低一行又一行,
昂起头来向着那海洋一般的旷野——
矮的是河流,高的是山岗。

我局促在这块生硬的地上,
天空那么小,又那么脏,
汽油的臭味代替了田野的清芬,
我快要干瘪死了,
抱着一个对于那片黄土的渴望。

1947 年 4 月 2 日于沪

肉　　搏

麻木
有了刺痛的感觉，
苟安
爬出了它的老窝，
忍耐
失掉了最后的力量，
生命
在第一线上肉搏！

1947 年 5 月 18 日于沪

一片绿色的玻璃

从哪里
捡来一片玻璃,
天真把它
点成块宝石,
让讨饭篮子
在身旁空着,
你,像一堆小垃圾
堆在这大马路边角上,
认真地捏住它,
要把这个浮华世界摄进眼睛里:
山一般高的高楼,
树一般细的电杆,
瓜棚似的警岗,
大圆灯
眨着红绿的眼。
那么多的东西
叫人流涎,
叫不出名色
却能够看见;

那么多的东西
叫人眼花，
隔一层玻璃
很近又很远；
汽车，三轮车，黄包车，
衔着尾巴飞跑过去，
人，摩着肩膀，紧张，匆促，
像急流里的游鱼——
一片色彩，
一片音响，
变幻，移动在
你眼前的这片绿色的玻璃上。

你怀着这块宝贝，
夜里会有个好梦：
爸爸的锄头在土里响了一声，
你便得到了一片带色的玻璃，
笑眯着眼把它对准天空，
天空湛蓝，
彩云在湛蓝的天上悠闲地抽烟，
你把它对准田野，
对准河流，对准远山，
你把它对准自己的庄园……

玻璃上
另换了一副景象：

死尸在地上臭烂,
村子里断了炊烟,
大道上黄尘仆仆,
田野里深草没到腰间……

你不就是从这样一个梦里
逃出来的?
脚下的草鞋,
脸上的尘土,
划出了战争的相貌
和苦难的纹路。
把遭受,饥饿和明天
一齐收拾起来,
全身的精力注入了双眼,
想从这片绿色的玻璃里
捉住这个大世界,
它多么古怪,又多么新鲜!

1947 年 7 月 3 日于沪

照 亮
——闻一多先生周年忌

当身子
倒下去的顷刻,
你,向永恒
站立了起来。

当喉咙
不能够再呐喊的时候,
你的声音
也就更加响亮。

是这样的一个死啊,
把爱和恨提高到顶点,
而同时,你的人
也被它照亮了。

1947 年 7 月于沪

过　夜
——给无名死者

你是打算在这里过夜的吧？
在这垃圾群的山峰上，
你用破草席，烂布缕，
搭起了小小的篷帐。

你是打算在这里过夜的吧？
缺口碗一只，
长短筷一双，
一根木棍子躺在浮肿的身旁。

你是打算在这里过夜的吧？
叫帐篷盖住太阳和星光，
叫帐篷隔开大上海的荣华——
别人的一个天堂。

你是打算在这里过夜的吧？
你的"夜"降临的时候，
太阳还没有走下"山"岗，

从此它们不再打搅你了：
战争,恐怖和生的绝望。

你是打算在这里过夜的吧？
现在,这里只有一堆模糊的血浆,
恶狗嚎叫着在进行争夺战,
成群的绿头苍蝇嗡嗡地乱嚷。

你是打算在这里过夜的吧？
这天夜晚过了以后,
垃圾群的山峰更高了,
连你,连你的帐篷一起埋葬。

1947 年 9 月 6 日午于沪

冬　天

冬天，
应着气象台上
冰冷的号召，
从二十年的纪录里
突破出来，
刚一露头，
人们就从
磨响的牙齿缝里
透出了一声
感召的"啊！"
天地，
于是惨然色变。
云，
冻结在覆压下来的
展不开颜色的低空上，
冰，
结冻在像是因为笑
而实际是因为哭泣而裂开的大地上，
威风凛凛的北风，

张牙舞爪地
到处搜索着温暖,
太阳,
这位最受欢迎的客人,
也有气无力地放不长它的光线。

寒冷呀,寒冷呀,寒冷呀,
寒冷
把水银柱里的水银
压缩到零下三十度。
从东海岸
到极西的边陲,
从塞外
到没有见过雪花的南方——
整个古老的中国的土地,
土地上所有的人民,
一齐冻结在冰冷之中了;
只有物价,
只有钞票上的数目字,
全不顾自然的规律,
一刻一刻地
在膨胀……
往年这时节,
北方的水瓮
都穿上了草叶的暖衣,
而眼前,

遍地是赤条条的难民,
今天,在异乡的街头上
用异乡的口音叫喊,
明早,在异乡的义地里
做一个永久的居民。
(寒冷杀人不见一滴血,
也不负什么"罪犯"的责任。)
人民,
一个个空着肚皮;
而枪炮的胃口,
却是那么壮;
汽车在公路上飞驰几百里,
看不到
一缕炊烟,
一个人,
一只瘦狗的出现,
惹出一阵进裂的欢呼!
老农依着它曝日的
场围上的那个干草垛,
冬天炕头上
孩子们偎着的那个热被窝,
一盏灯,
一盆火,
一个冬天家庭的团聚,
全都成了奢望,
全都成了回忆!

冬天的鸟儿们
还有一个温暖的巢，
而人呢，而人呢，
被饥寒追迫着
找不到一个躲藏的窝。
皮肉，
在冰冷之下
瑟缩着，
而心，
瑟缩得更厉害，
昨天，今天，连上明天的生计
也一起被冻结！

呵！是这样的一个冬天！
从多久以来
我们就一直活在冬天里——
春天的冬天，
夏天的冬天，
秋天的冬天，
而今，是冬天的冬天。
我们的嘴巴
被冰封着，
我们的热血，希望，苦痛和呼号
也全都被封在肚子里，
寒冷呀，寒冷呀，寒冷呀，
寒冷，又岂止是气候上的！

呵！是这样的一个冬天！
这样破碎，
这样颓败，
这样凋零！
寒冷呀,寒冷呀,寒冷呀,
这该是最后的一个严冬。

      1947 年 12 月 23 日于沪

征　　服
——祝慧修①师五十寿

有人说：
一根白发
就是一支降旗。
生活的路子
太古老了，
古老得
像一条定律：
落草是起点，
坟墓是结局，
人们在上面走着，走着，
儿子接起父亲的脚迹。

你，从这条道路上走来，
又舍弃了这条道路；
你，从这个队伍里走来，
又叛逆了这个队伍。

---

① 即杨晦先生。

看你的背
越来挺得越直了,
你的眼神
勇敢又坚定,
你的声音
斩截而洪亮,
你的心胸
像刷过一样的干干净净。
今天,大时代气流里的
知识分子,
在酝酿着蜕变,
但是,往往抱着个"过去"
困死在那个壳子里;
你,征服了时间,
征服了自己,
脱掉了一个小圈子,
得到了一个大天地。

你喜欢青年,
青年,
是你的一面镜子;
你酷爱书本,
它使你永远坚定在一点上;
你拥护劳苦的人民,
他们才是人生的一支主力。

春天,
是万物的生日,
你五十岁的生辰
有了一个
蓬勃而昂扬的开始。

      1948 年 3 月于上海

人，是向上的

你，
他，
一个
又一个，
把旧壳子
脱在
这个旧世界里，
头也不回地
去了。

水
往下流；
人
是向上的。

一只手
在背后死力地
推；
一个声音

在耳边
亲切地
叫,
把身子
从这片沙碛中
拔出来,
连根土
也抖净。

水
往下流;
人
是向上的。

我们是
森严地
被隔断了;
但是,
彼此的心
在打着招呼,
像是
在黑夜里,
虽然有乌云,
也会
感觉到
星星的存在。

水
往下流;
人
是向上的。

两条河
指向
一个大海;
隔绝的
自有他
汇聚的日子。

水
往下流;
人
是向上的。

1948年6月于上海

自由·快乐
——达德学院归来

你说,几年来
从没看见我
像今天这么快乐过。

几年来:
白天,用肺病做借口
婉转而又愤怒地
迎送着一个又一个
神秘的造访者;
午夜里,提着心,
等待门板上突然而来的一阵敲击,
耳朵,追踪着远处驶来的每一部汽车;
心缩小得
像针鼻,
恐怖压下来
天崩地裂……

你说,几年来

从没看见我
像今天这么快乐过。

今天：
被压得弯曲的身子和灵魂
重新直立起来了，
顶开了
逼人发疯的千百种顾忌，
热情
使我恢复了自己。
对着几百个青年
我赤裸裸地放出了心里的话，
我揭开胸怀高声地朗诵诗。
这种自由，
这种快乐，
这种生命的基本权利，
离我太久了，太久了，
突然间，来得太猛烈，
使我有一种痛苦的感觉……

1948 年 12 月 22 日于九龙

信
——从香港寄上海

信疏了
你怪我；
信短了
你气我——
"写得详细一点呀，
就算是身边琐碎的小事情……"

"我生活得很好，
你和孩子们都好吗？
上海街头在捡冻死的僵尸，
而这里映山红开得正盛呢。"
每次拾起笔来，
像在一个难题上做文章，
想说的那么多呵，
结果又落到了这个老套子。

今天，报纸上

又刊出了恐怖的消息①,
想到了这个恐怖的地方,
我的感觉还崭新呢;
把一封写好的信
自己先"检查"了,又"检查",
投进邮筒,心也跟了去,
像投给你一颗炸弹那样的……

1948年除夕于九龙荔枝角

---

① 见1948年12月31日香港《大公报》上海消息:"笪移今等多人相继失踪,军法处于数日前接奉命令,在监狱内准备好三百人居留的地方。"

第 四 辑

有 的 人
——纪念鲁迅有感

有的人活着
他已经死了;
有的人死了
他还活着。

有的人
骑在人民头上:"呵,我多伟大!"
有的人
俯下身子给人民当牛马。

有的人
把名字刻入石头想"不朽";
有的人
情愿作野草,等着地下的火烧。

有的人
他活着别人就不能活;
有的人

他活着为了多数人更好地活。

骑在人民头上的,
人民把他摔垮;
给人民作牛马的,
人民永远记住他!

把名字刻入石头的,
名字比尸首烂得更早;
只要春风吹到的地方,
到处是青青的野草。

他活着别人就不能活的人,
他的下场可以看到;
他活着为了多数人更好地活着的人,
群众把他抬举得很高,很高。

1949 年 10 月于北京

我们终于得到了它

——《中华人民共和国宪法草案》公布了

我强忍着欢喜的眼泪,
朗诵着这中国人民的"大宪章",
它比黄金铸的字更宝贵,
人人把它铭刻在心上。

多少年来,人民就希望着它,
希望,不过是梦里的彩虹,
多少烈士为它捐出自己的生命,
临死遗恨还撑住眼睛。

共产党呵,毛泽东,
百年来的革命在您手下完成;
百川滔滔,东流归了大海,
人民的意志,人民的希望结了晶。

印在白纸上的这些珍贵的字,
它是中国人民鲜红的血滴,
争取它,付出了多么昂贵的代价,

今天,我们终于得到了它!

每一个字是一朵花,
它夸耀着新中国的强大和荣华;
强烈的幸福感使人发眩,
我的心呵,你要兜住它,兜住它……

一棵挺然独立的大树,
它的深荫庇护着亿万人民;
一条光明大道引向未来,
上面走着一代又一代的子孙……

1954 年 6 月

我爱新北京

我爱新北京,我爱
天安门的门楼在朝阳下发红,
我爱白鸽子像小小的帆船,
在碧蓝的天海上划行。

我爱新北京,
像彼此比赛着高大,平地上拔起了许多烟囱,
工人宿舍,傍晚时候传出来广播的音乐,
几年前,这些地方遍地石块,荒草丛生。

我爱新北京,我爱
拖拉机在近郊的农庄上驶行;
新的楼房像从地底下冒了出来,
尘土扑人的道路,柏油给它铺一身青……

我爱新北京,我爱
陶然亭变成了整洁的公园,
我爱金鱼池,那一湾臭水,
今天清亮得照出人影。

我爱新北京,我爱
家家大门上那一团和平,
夜里,不再怕走偏僻的小巷,
地下的电灯像天上的明星。

我爱新北京,
新北京是毛主席居住的城,
全国人民,全世界人民都仰望着它,
我,光荣地住在这座城中。

我爱新北京,
在节日里,我看到过几十万人大游行,
欢呼的声浪像海涛,
里面也有着我的呼声。

我爱新北京,
它是人民的首都,胜利的象征,
我爱新北京,它是白天的太阳,夜晚的明灯,
我爱新北京,我爱新北京。

1954 年 8 月 9 日

海滨杂诗（组诗）

海

从碧澄澄的天空，
看到了你的颜色；
从一阵阵清风，
嗅到了你的气息；
摸着潮润的衣角，
触到了你的体温；
深夜醒来，
耳边传来了你有力的呼吸。

会合

晚潮从海上来了，
明月从天上来了，
人从红楼上来了。

归　　来

火红太阳从海上升起。
渔船回来了,
满仓银鳞耀眼的鱼。
"爸爸——"
一个孩子在沙滩上跳跃,
涛声把他的欢呼抢去。

送　　宝

大海天天送宝,
沙滩上踏满了脚印,
手里玩弄着贝壳,
脸上带着笑容,
在这里不分大人孩子,
个个都是大自然的儿童。

大 海 的 使 者

清风,大海的使者——
从海面上吹来,
从高楼的红瓦棱里吹来,
从海涛似的绿树间吹来。
你替旅人拂去一身尘土,

从他们心里把闷热拨开,
青岛呵,对于远道而来的游客,
你就是一个绿色的海。

亲　　近

天天早晨在沙滩上碰面,
我们彼此并不相识;
我们彼此并不相识,
天天傍晚碰面在沙滩;
大海使我们亲近起来,
老朋友似的打着招呼。

青 岛 的 颜 色

我要用自己的皮肤,
把青岛夏天的颜色带回去。
我叫海涛给冲上去,
我叫太阳给晒上去,
我叫沙滩给烫上去。

旧　游　地

二十年后的一条身子,
来到了二十年前的旧游地,
登上当年的石头楼

向远处放眼：

那些军舰①的铁链解除了，

大海呵，

你呼吸得多么自由舒坦！

踏踏踏，再也没有了刺耳的木屐声，

不见了那些"季候的恶鸟"——

用"文明的皮鞭"抽打中国人的美国水兵②，

我们的海军战士

在港口上一站，

大海呵，

你是多么威严不可侵犯！

海　　军

早晨的操场上，

练操的步伐把大地震动；

傍晚，绿树荫里

闪动着赛球的

轻捷身影；

玻璃窗里透出灯光，

灯光下传出琅琅的读书声。

---

① 指美、日帝国主义军舰。
② 我当年在青岛时，每届夏季，美国军舰开来青岛避暑，美国水兵喝得醉醺醺的，用皮鞭抽打中国人，当时我曾写了一篇《文明的皮鞭》，发表在《东方杂志》上。

儿子和大海

农闲时节他赶来看儿子,
儿子是海军战士,
没事早晚散步到沙滩,
独个儿对着大海。

等他回到家里以后,
夜里常常作梦:
碧绿的波涛像野马奔腾,
黑色的飘带飘着海风①。

一 瞥

海水蓝,天色蓝,
一片蓝色分不开边,
它作了一个少先队员的背景,
她的红领巾红得比虹还鲜艳!

她 和 他

爸爸驾起渔船出海去了,
留下她一个把家门守望,

---

① 海军制帽有一双黑色飘带。

凉棚下,手拿一本识字课本,
我知道她的心并不在书上。

一个年轻的渔人在沙滩上晒网,
来来回回鱼网总拉不平,
两双眼睛一碰就发光,
我知道他的心并不在鱼网上。

引　　诱

午睡醒来,
海潮和弄潮人的欢呼
一齐涌进了窗子。
多诱人的声音呵,
它比绳子更有力!

脱　下　了

脱下了,脱下了
身上和心上的负载。
大海呵——绿色的世界,
一个个轻快的身子,
投向你起伏的胸怀。

湛　山

湛山,绿树给大道铺上凉荫,
远山近山像永不消散的云,
大海用双臂环抱着你,
湛山,你是胜地青岛的青鬟。

解放以前这里是禁区,
大好山水沾染了"达官贵人"的污尘,
今天,林荫道上走着工人、作家、干部……
千里万里,他们做了夏天青岛的画中人。

海　水　浴　罢

热沙子烫得脚发痒,
一身轻便走在归途上,
一顶草帽遮住天上的太阳,
一个影子在地上晃。

"再　见,大　海"

一早我向大海辞行,
大海在雾罩里还没有醒,
踏着沙沙作响的沙滩,
"再见,大海",我回头向大海投一个青眼。

1956年7月24日—8月于青岛湛山路

八 达 岭（组诗）

登 上 顶 峰

登上八达岭的顶峰，
望着对面那青山的屏障，
山脚下那一片古战场上，
官厅水库引来的清流在闪光。

扯 不 断 的 线

一级一级像永远登不完，
一级一级直升上天；
石级像一条扯不断的线，
把你引到日脚起落的天边；
长城呵，你这条永不干涸的河，
时光的水已经流过了两千多年。

在 归 途 上

带着天风吹乱了的头发，

牙缝里塞着长城外吹来的尘沙,
归途上,一身甜蜜的疲劳,
一个伟大的精灵在和我讲话。

灯　　下

把从长城边摘来的黄花,
插上我小女儿的头发,
晚上,温柔的灯光照耀着,
我给她讲孟姜女的童话。

1956 年 9 月 2 日

照片上的婴孩

照片上一个小小的婴孩，
看样子三周岁也还不满，
她用天真的笑脸向着我，
我们面对面过了三年。

我们面对面过了三年，
她的人却隔着万水千山，
反动派杀死了她革命的爸爸，
她跟着妈妈在希腊坐监。

阴森的牢房代替了托儿所，
铐镣声伴奏着妈妈的儿歌，
她还是一个无知的童婴，
竟然成了小小的囚犯一名！

阳光洒在照片上的时候，
我便想到她在铁窗里的情景，
听到儿童车呼唤我小女儿的声音，
她仿佛向我瞪起希望的眼睛。

可是,她什么也还不知道,
她只会眯眯地向着人笑,
她笑得多么天真,这笑呵像一条鞭子,
抽打着世界上的正义和良心!

时光已经过了三年,
我早已失掉了她的照片,
她的名字也追忆不起来了,
她的笑容却花朵一般的灿烂。

时光已经过了三年,
仇恨慢慢地把她喂大,
她会像熔炉里炼出来的一块钢铁,
当她完全懂得了一切!

1957 年 4 月 10 日

附记:1953 年,我从《大公报》上剪下了一幅婴儿的照片,放在案头台历上,天天相对,一直三年。后来过年换日历把照片弄掉了,心里好久为之不安!从照片的说明上,知道这个小女孩的爸爸尼古斯·柏洛扬尼斯是希腊共产党员,被反动政府杀害了,妈妈艾丽·舒盎尼多在坐监牢,这张照片就是在牢里照的。看样子,她不过两岁多。

情感的彩绳
——悼念王统照先生

把你的遗书一封又一封展开,
过去的时光又活了起来,
就像面对面亲切地谈心,
谁说隔着生死的界限?

明亮的灯光照耀在眼前,
怎能不想起围炉夜话的那些夜晚?
四月的樱花,小楼谈诗的激情,
海涛在远处遥遥呼应。

青岛的夏季,碧海青天,
《避暑录话》①的朋友们聚集在海滨,
伯箫的"山屋",我的"无窗室",
你的"观海二路",老舍的庭院碧草如茵。

---

① 1935年夏,王统照、老舍、洪深、吴伯箫、赵少侯、孟超、王亚平、杜宇、刘西蒙、王余杞、李同愈和我,聚集青岛,创办杂文刊物《避暑录话》。"避暑"者,避国民党反动的压迫之意,内含讥讽。

在那些黑暗的岁月里,
我们团结得那末紧,
"书生报国"虽然"无力"①,
笔下却留下了时代的声音。

记得那一年你去欧洲旅行,
船已经开了,我手里牵着五彩的纸绳,
纸绳终于断了,人却喜再相见,
今天,人不能再见了,情感的彩绳却永远在心上
　　牵连。

"济南潇洒似江南",
济南有我们共同欣赏过的湖山,
在那里读书,在那里为人民服务,
现在,你躺在金牛山下静静地安眠。

当我想念到你的时候,千佛山的青影便打闪,
大明湖上荡舟,晚眺在鹊华桥上,
当我的记忆触到这些湖光山色,
你的生命便和湖山一齐放光。

旧社会使人喘不过气,
新社会的日子天天像过年,

---

① 剑三先生旧诗题重印本《山雨》中有"书生报国惭无力"句。

崭新的事物赏心悦目,
对着它多么不容易合上双眼!

     1957 年 12 月 9 日,北京

巧　云

傍晚,走出城门,
坐在河边的青石上,
我和我的小女孩,
并肩看巧云。

她的眼长在天上。
她在创造,她在发现:
呵,大烟囱,呵,拖拉机,呵,军舰……
她欢呼这天空里的奇观。

绝早,我独个儿来到原来的地方,
太阳还没有露面,
东方的半壁一片明丽,
它昭示了光明白昼的开始。

一支又一支烟囱,
一座又一座高楼的巨影,
这景象多么动人——
这大地上扎了根的巧云。

1957 年 12 月 19 日

你看你这个小姑娘

你看你这个小姑娘,
委委屈屈小模样,
小辫像摇货郎鼓,
蹦着跳着要出庄。

眼皮包着两汪泪,
嘴角拴住个小绵羊,
委委屈屈小模样,
你看你这个小姑娘。

是要买糖果没随心愿?
是看中了什么花衣裳?
是和要好的同学闹翻了脸?
请问你这个小姑娘。

不是为了这,也不是为了那,
发急只为了事儿一桩:
她要到人工湖上去挖土,
妈妈说"镢头的杆儿比你长"。

1958 年 3 月 13 日

亲人回到了我们眼前（四首）
——欢迎志愿军回国

一

八年了呵，八年的时光！
你们不在我们眼前
却在我们的心上。

八年了呵，八年的时间！
扑灭了侵略者的气焰，
看，兄弟之邦如画的江山！

二

你们出国的时候，
像一阵劲风，
带着中国人民的义气，
奔向战火腾腾的鸭绿江东。

春草正绿，春花正红，

百鸟伴奏着大跃进的歌声,
英雄的战士呵,你们回到了祖国,
祖国,用崭新的面貌把你们欢迎。

三

你看见对共同敌人作战的时光,
那种生死与共的精神,
你就会明白这两位战士,
临别时候,为什么拥抱得这么紧,紧。

拥抱的是两条身子,
拥抱的是几万万人民,
中国朝鲜,朝鲜中国,
永远拥抱,永远不离分!

四

把这棵松树栽在这里,
留下一个最好的纪念,
我们曾经在这片土地上,
和朝鲜弟兄并肩作战。

松树永远不会凋谢,
就像我们的友谊一般,
松树一年又一年生长,

青青的,像我们的怀念。

1958 年 3 月 17 日

凯　旋（组诗）

长年患病，对医院生活，颇多体味。于今健康情况逐日好转，感于当年情景，发为短歌十七首①。长期苦斗，终将病魔击败，故题名《凯旋》。

联　系

长期受疾病管制，
掐着指头数日子，
黑夜来了白天去，
天花板像一页读腻了的书。

我的天地是一间斗室，
沸腾的世界却没有隔离，
耳边有一条长长的线②——
是一条心呀在紧紧联系。

---

① 这次编选时，删去一首。
② 收音机耳机的电线。

朋　　友

长廊上学步似的行走,
碰了面点一点头,
连姓名也不问一声,
彼此已经成了朋友。

探　　听

一间间病房像蜂房,
当中隔一堵厚厚的墙,
心像蜜蜂到处飞翔,
探听着病友们温度的升降……

护　　士

深夜里睁开眼睛,
一道亮光漏进了门缝,
眼波一样的柔和温暖,
一个战士守卫着大家的安宁……

黄　　鹂

一只黄鹂在绿柳间穿梭,
支起身子用眼睛去捕捉,

像火光一闪,不见了,
歌声又在逗人的耳朵。

傍　　晚

站在窗前迎傍晚,
翠绿的柳丝像垂帘,
白的人影在地下①,
红的晚霞在西天。

她和她的病人

她搀着他迈步,
像孙女搀着祖父;
他躺在床上她照顾,
喂饭喂汤像慈母。

送 友 人 出 院

我紧紧握着你的手,
用两颗眼泪送你走,
一颗里含着欢喜,
一颗里含着焦愁。

---

① 傍晚,病友们穿着白衣在院中散步。

早　　晨

推开窗子迎晨曦，
车站的大钟面对面，
时针像一只巨人的手，
催促人快马加鞭。

羡

坐在窗前向下望，
病友们散步趁晚凉。

向着远处放眼光，
马路上人们长着翅膀。

窗里的斗室像口井，
窗外的世界是大洋。

国庆十周年之夜

拉开窗帘看礼花，
强支起发热的身体。

狂欢的声浪近又远，
心像一只小船儿。

应着门声人卧倒,
想起了那关切的责备……

送大夫去西山植树

住院的日子渐渐长久,
好大夫成了好朋友,
放下听筒去拿镢头,
到处培育生命呀,你的手!

关　　心

强耐着难耐的苦痛,
不愿意惊动医生,
深夜里孤军奋斗,
和病魔作着斗争。

手电筒微光一闪,
人进了门,门却无声,
医生关心着她的病人,
又怕把病人惊动。

忆

久久不见同志们的面,

一个个影子亮又鲜,
跃进的脚步耳边响,
我多想翻身跳下床!

探　　望

小女儿站在楼下①,
爸爸站在楼上,
眼睛对着眼睛,
只是脉脉地相望。

教好了的话到时不响,
妈妈越催她越不开腔,
一个红苹果从窗口坠落,
欢笑声逐着它滚在草地上……

凯　　旋

鱼儿归大海,
鸟儿奔丛林,
心比车子快,
飞出医院门。

见人想招手,

---

① 三四岁的小孩不准进医院病房。

心里问声好,
"东单"①旧相识,
又像是新交。

低头看马路,
心宽眼光远,
抬头望大厦,
纵身向青天。

院中二百日,
外界已千年,
古代传神话,
情景在眼前。

1961 年 1 月至 2 月 24 日

---

① 北京地名。

望 中 原

——读碧野来信

放下又拾起的
是你的信件，
拾起放不下的
是我的忆念。

那些稔熟的城市和镇店，
我们曾比翼穿过战烟，
一想到这些名字心就温暖，
同时胸口上压一座大山：

山地人民身上生长毛①，
春风里树木光秃着枝条，
一个个"路倒"②点缀着春天，
一只黑手把生活拉回了几千年。

---

① 终年吃不到盐，人身上生出长毛。
② 倒毙路上的尸体。

汉水呵,日夜呜咽,
人民呵,困苦颠连!
山城在水光里投影,
多么美丽呀多么惨!

你这些记忆的黑丝,
不要再纠缠!
一个三寸的信封,
给我装来了壮丽的新河山:

马蹄踏出火星的石板路,
漆上了柏油又亮又宽;
机器的轰隆声他听不惯,
"罗汉寺"的罗汉归了西天。

吃过山东葱油饼的小铺,
成了公社的食堂;
那些治山治水的英雄,
说不定当年就碰过面……

新的生活,新的江山,
新的情景,新的春天。
东风吹动着你的鬓丝,
壮志却胜过二十年前!

你的壮语像诗篇,

呼风唤雨赛过神仙；
你的大笔真如椽，
壮丽的画图挂天边。

读了诗句我心气盛，
仰天吐气变云烟；
两道目光像长虹，
看了画图眼发明！

穷山瘦土几百里，
一朝全部沉海底！
撑天名山黄金顶，
投到湖里照个影！

身在北京望中原，
几时大坝上肩并肩？
旧日穷苦冲洗净，
水波禾稼碧连天。

     1961 年 2 月 26 日

毛主席戴上了红领巾

毛主席前年回到了离别三十二年的故乡韶山,和少先队员们一起拍了一张照片,脖子上系着一条红领巾。照片上,一个个纵情欢笑,不能自已。这张照片,曾刊在《人民日报》上,看过之后,永不能忘,每一念及,便喜不自禁。

毛主席戴上了红领巾,
少先队里高大的人,
笑的风要把人身撼动,
纸面上仿佛听出声音。

"峥嵘岁月"①成过去,
故乡山河一片新,
斗争历史作背景,
方才知道这笑意深。

怀着壮志离开韶山,
理想实现了又回到家门,

---

① 毛主席《沁园春·长沙》词句:"忆往昔,峥嵘岁月稠。"

三十二年时光惊雷电,
两个天地三代人。

毛主席戴上了红领巾,
千言万语笑里寻,
这笑就像对少年们说:
世界属你们也属我们①。

这笑就像对少年们说:
归根结底世界属你们;
少先队员们能会意,
天真的笑里充满自信。

这张照片像春风,
吹得人脸上飞红云,
真想挤进这队伍里去,
脖子上也系上条红领巾。

1961 年 5 月 18 日

---

① 此句及"归根结底世界属你们",系用了毛主席 1957 年在莫斯科会见我国留苏学生的讲话中"世界是你们的,也是我们的;但是,归根结底是你们的"等句的意思。

翠微山歌(十三首)

一

上山的石板路阳光铺满,
幽胜在高处投下了青眼,
暴雨把人留在四角亭上,
让你看烟雨中苍茫的山峦。

二

坐在房子里看峰峦,
窗子像一双四方的眼;
游人的脚步从窗前响过,
反把我的住房当风景看。

三

树头像碧涛,
百鸟在划翔,
悠然自得的歌声,

唱出了心胸的舒畅。

四

石子路上手杖铿铿,
布底鞋登云一样轻,
遮路的草蔓多情意,
扯住人的衣角不放行。

五

雨来了,
雾来了,
青山、红墙、金塔全沉埋了。

云收雾散了,
太阳露面了,
青山、红墙、金塔又出现了。

像洗了一个清水澡,
更精神,更好看了。

六

山中的夜呵,
幽深像井筒,

微凉薄被亲,
秋虫两三声。

七

太阳悬在中天,
绿树影儿圆,
午睡正朦胧,
蝉声续又断。

八

站在东山望西山,
山形有无暮霭间,
忽然太阳西边出,
红光红透半壁天①!

九

孩子们好像是入了宝山,
到处的宝贝捡不完:
酸枣青青满山坡,
雨后菌子张黄伞,
拾了橡子当栗子吃,

---

① 石景山钢铁厂出焦。

黑枣在高处惹人馋……
到处的宝贝捡不完,
孩子们好像是入了宝山。

十

小孩子活跃像猴猿,
山里天地无垠宽,
转眼功夫人不见,
笑声响在山崖间……

十一

野兔像个狡猾的贼,
扳倒玉米啃嫩穗,
孩子个个当猎人,
满头大汗空手回。

十二

淡云散去天幕开,
一轮满月照下来。
松影儿婆娑,
舞影儿婆娑,
鸟儿闭了口,
蝉儿声不作,

山峰一齐垂下头,
看孩子们载舞载歌。

十三

举起千只万只绿手,
翠微山殷勤送别我:
"深秋你再来的时节,
看红叶像红花千万朵。"

1961年8月于翠微山中

"十一"抒情(四首)

一

天安门升高了,
轻纱般的云彩,
作了大红宫灯的飘带。

长安街更长了,
广场更加宽,
欢腾腾人流像春水涨满。

二

天安门前人不断,
脚步接着脚步,
全国连成一条线。

欢呼声浪无遮拦,
像海心的波浪,
扩展到地角天边。

礼花像万箭冲天,
一注注眼光一颗颗心,
四面八方聚拢在一点。

三

临别西山的时候,
你曾经再三相约:
"十一"那天重来,
山头上并肩看焰火。

今天我留在城里边,
作欢腾大海里的浪花一朵,
肩头让给孩子坐,
从房顶高处看缤纷红雨落。

四

当大队用雄健的步子
踏得大地震动,
你可曾听到
从英雄纪念碑上发出的回声?

当万众振臂欢呼,
拳头像信心一般坚强,

你可曾注目
英雄碑上举起的英雄胳膀?

当歌声舞影
在月光灯光下响动,
你可曾仿佛看到
巍巍石碑上飘落下一个个身影?

       1961 年国庆前夕

《凯旋》序句[①]

生活的道路美丽又宽广,
我的胸怀呵是这么舒畅,
心头像有只宛啭的春莺,
按捺不住要歌唱的欲望。

迎春花虽然开得很小,
她却有自己的一份色香,
噼噼啪啪像一支火鞭,
迎来了灿烂的大好春光。

1961 年 11 月 10 日北京

[①] 诗集《凯旋》,1962 年作家出版社出版。这篇序句,是以诗代序。

寄 徐 迟

西登峨嵋尖,
东去崇明岛,
黄洋界上度长夏,
西子湖边秋风早。

南北东西千万里,
海阔天空像飞鸟,
想寄个信没处投,
拼着心思跟你跑!

1961 年 12 月

毛主席画像

一顶草帽手中拿,
刚回来还是又要出发?
群众生活心头挂,
您把全国当做家。

>   1962 年 2 月

海防线上(组诗)

雨中登战舰

雨脚踏着海洋,
突起千峰万嶂,
白浪想攀着这条条绳索,
把身子升到天上。
暴雨里,
一片茫茫!
无形有声,
江山多雄壮。
脚下流水和心交响,
隔着水帘影在望:
你呵,钢铁的巨人,
紧贴在祖国的海岸旁。
外面呀,
波浪喧腾,
里边呀,
清幽安静,
戴着制帽的海军战士,

眼里亮出心里的热情。
你这钢铁战士,
大海就是你的家,
像一座巍峨的山,
在惊涛怒浪里上下,
雷达是你的眼睛,
大炮是你的嘴巴,
映带着壮丽的山海,
敢追击敌人到天涯。
现在,你静静地依傍着港口,
像依傍在母亲的胸中,
待马达一响,浑身是劲,
像一支箭射出去,带着响声。
今天,我在北京城,
晴天里想起了那暴雨的海空,
今天,敌人像群蛙鼓噪,
我看见了那一双双灼灼的眼睛……
大海呀,我听到你在咆哮,
大炮呀,我看见你昂起了头颈,
风暴来临的时候,
踏破碧涛铁马在奔腾。

访 炮 垒

淅零零,
雨衣有声。

树叶上，

珍珠颗颗，

脚下泥泞，

穿幽径。

雨洗山更青，

背臂微凉，

夏日吹秋风。

步步入幽深，

眼光四射不见人，

真可喜：

红瓦房

突然出现在绿丛中！

窗户上，

玻璃迷蒙，

竹竿上，

衣服未收净，

白色制服，

帽上双带飘海风。

亲热握手，

不像乍相逢！

穿过树林，小径似有似无，

手指点，

炮垒使得双眼明。

伏身潜入洞，

洞天情景自不同：

曲折甬道，

像马路宽展,
不闻车马声,
静,静,静。
炮弹一箱箱,
偎依成行,
似闻微语,
商量却敌兵。
"铁将军"置身堡垒,
探头在外,
口里沉默眼发明。
它天天看:
碧海色变,
云卷晴空,
祖国河山画图中。
它夜夜听:
狂风呼啸,
惊涛排空,
大海呼吸气势雄。
海上战士,
来往走动,
大炮在身旁,
书本在手中,
一面玻璃镜,
窥探着敌情。
不要看这么平静,
不要看这么从容,

一旦命令如雷响：
手不停掷，
大炮齐鸣，
使大海立起，
使敌人葬身波浪中。

       1962 年 6 月 26 日

战斗的最强音

——为纪念伟大歌手鲍狄埃、狄盖特作

你给诗人树立起崇高的榜样:
口里高吟着诗句,
手里紧握住钢枪。
作歌手要作你这样的歌手:
拿世界当广场,
千秋万岁作音长。
有战斗的地方,
就有这歌声激荡,
冰冷冰冷的黄土,
也不能把火热的嗓门掩上。
近百年来,到处在歌唱,
歌声像烈火熊熊,
把黑色的天幕照亮;
歌声像晨钟敲响,
使人精神抖擞,
高举起坚强的臂膀!
多少人在黑夜里唱着它,
压低了嗓音,

眼前没有灯火也觉得明亮;
多少人唱着它走去战斗,
气昂昂,头高仰;
多少人唱着它,铐镣啷哨,
从监牢的铁窗中
望着黎明的曙光;
多少人唱着它走上刑场,
慷慨激昂像走回故乡。
唱呵唱,唱得旧世界的大厦
瓦解梁摧,摇摇晃晃;
唱呵唱,解放的斗争
像船高水涨;
唱呵唱,唱得天空一片红光,
唱呵唱,漆黑的宇宙里,
唱出了一个个大太阳。
这是一支前进的歌,
唱着它,有倒下去的战士,
没有后退的脚印留在大地上,
蒲柳望见秋天就凋零,
青松永远傲风霜,
在敌人面前露半点怯色,
这支歌唱起来它就不响!
这是一支热血沸腾的歌,
不能把水掺进血浆,
使它不红不白不热不凉!
这是一支誓师的歌,

斗争针锋相对，
爱憎强烈明朗，
对那些反社会主义的嗡嗡之声，
这歌声就是愤怒的巴掌。
这是一支团结的歌，
它使千万条战船靠拢在一条战线上，
乘起时代的风，
冲破惊骇的浪，
歌声漫天响，
浑身是力量，
冲，冲，向着马克思列宁指示的方向！

       1962 年 11 月 26 日

回　忆
——"八一"纪感

何必痛哭大革命被黑手葬埋？
动摇,彷徨的人你抬起头来:
看南昌城头招展的红旗,
像暗夜里明灯大放光彩。

白色恐怖全国弥漫,
像白色云雾包围了庐山,
杀气腾腾的布告惊心刺眼;
革命的巨流它永不转弯!

人民的意志,人民的情感,
红色的思想,英雄的斗胆——
借着起义的大炮,
冲向黑沉沉的阴天。

炮烟像一支饱满的大笔,
给历史写下了新的开端,
从此,革命有了自己的武装,

从此,井冈山上树立起红色政权。

那时候,我们只有一座城,
千百座城在敌人手中,
那时候,我们的军队数目很少,
四面敌人围得像铁筒。

从此呵,枪口对枪口,
三十多年的日月血海里沉浮,
这惨烈的斗争你可以问,
问每一寸土地,每一条河水,每一个山头。

南昌的炮声永远不断,
像霹雳滚过万里长天,
它连接起淮海大战的火海,
它连接起解放大军渡江的云烟。

我们今天追忆过去,
像大海追忆涓涓的源泉,
今天我们向过去看——
满园春色忘不了那向阳第一枝的红艳。

1963 年 7 月

全家学雷锋

书本子上看,收音机里听,
家家户户学雷锋,
灯底下开个学习会,
大家谈心得也展开批评。

弟弟年纪小,
刚进小学一年级,
他给爸爸提意见,
没开口先望望爸爸的脸。

"爸爸做事真细心,
就是有点爱夸功,
雷锋叔叔怎么样?
做了好事不吭一声。"

"我说妈妈作风好,
做起事来可慢腾腾,
雷锋叔叔前面走,
妈妈在后边得快快跑。"

哥哥用话挡弟弟：
"听你说得倒挺好！
你每日吃的糖果啊，
雷锋叔叔两年吃不了。"

"雷锋叔叔肯帮助人，
借本小人书你都不肯。"
"雷锋叔叔爱公物，
书本到你手像狗啃！"

"我吃苹果你来抢，
雷锋叔叔他是这样？"
哥哥听了还要争辩，
按住哥哥，妈妈发言：

"我们每个人都有长处，
我们每个人都有缺点，
所以才要学雷锋，
一步一步登高山。"

1963 年 11 月 7 日

第 五 辑

四亿年前"海百合"*

小序：随从珠穆朗玛峰登山队的一位记者,胜利归来后,以小块化石"海百合茎"见赠。他在纸签上标明"采自'珠峰'海拔四千九百米处。据地质学家们鉴定,距今已经四—五亿年了。"鉴赏不已,感慨万端,凝成八句。

今天山峰连着山峰,
当年浪波推着浪波,
我手捏一块小小化石,
鉴赏四亿年前"海百合"。

谁说"天不变",谁说?
"珠穆朗玛峰"就是证人一个。
谁说"道不变",谁说?
请看过去的农奴、我们的登山英雄——潘多!

1975年9月25日

---

* "海百合"是海里的一种动物。

泪

——悼念敬爱的周总理

八亿赤心,
哀伤袭击!
千言万语,
声声啜泣。

英姿笑貌,
已成遗容,
伟词宏声,
犹在耳中。

半旗悠悠,
悲风漫吹,
人的汪洋,
泪的潮水。

泪是丰碑,
泪是誓言,
泪是动力,

泪是火焰!

昂起头来,
揩干眼泪,
红旗指向,
无坚不摧!

1976 年 1 月 13 日
周总理逝世后第五天

瞻 仰 遗 容

脚步轻又轻,
掩泣不放声,
伟大导师安息了,
怕惊动。

迟迟行,迟迟行,
全神注双睛,
遗容在眼前,
犹恐泪丝蒙络看不清。

留恋再留恋,
时间不留情,
垂头走出大会堂,
形象崇高立心中。

1976 年 9 月 13 日

哭 郭 老

我天天担心会接到不幸的消息,
当我知道您健康情况急剧逆转;
昨天下午,不幸的消息终于来了,
我反而惊异它来得如此突然!

我迟到了半个小时,
没能够赶上最后一面,
我只把一连串的老泪,
洒向您住过的空洞房间。

记得半年前我们去探望,
您语音低颤但充满了情感,
我们一面谈话,一面看表,
您拉住不放,尽量延长时间。

您多想见到一些老同志,
把满腹的话语倾谈,
临别的时候您依依恋恋,
两个人搀扶着,也要送我们到客厅的门前。

想想您过去,体躯雄伟岸然,
想想您过去,高谈阔论,诗兴冲天,
对照眼前病中的情景,
我们口里不说,心里发酸。

我们是您的第二代人,
但我们也已经入了老年,
我们吸着您的乳汁,
健步走上了战斗的文坛。

我们说:您是革命前驱,
　　　　您是史学权威,
　　　　您是伟大诗人,
您的成就像一柱柱峰头插向云天。

您说:"对于自己我很清楚,
　　　像十个指头按十个跳蚤一般。"
您谦虚的态度叫我们感动,
像一碗水,永远觉得它不满。

您逝世的消息使我损眠,
躺在床上,合不上眼,
往事涌来,巨细不捐,
时间远插到一九二七年:

戎装一身正壮年,
革命诗人实践在革命前线;
在几十万人的誓师大会上,
作政治动员,却用着动人的诗的语言。

抗战前夕您回到了祖国,
"别妇抛雏","藕丝"斩"断",
那首和鲁迅原韵的名作,
是您人格的写照,心潮的波澜。

雾重庆的浓雾白茫茫一片,
在毛主席、党的领导下,您是文化大旗一面,
片语不让,与敌对阵,
慷慨激昂,大义凛然!

一九四九年,我们在京华重见,
在第一届文代大会上,您代表全国文艺战士,
向毛主席深深地、深深地鞠躬,祝愿,
表现了对伟大领袖真挚的颂赞。

往事万端;万端往事说不完,
大的一桩桩,小的一件件,
带着鲜明的色彩在眼前闪光,
带着清晰的声音来到耳边。

谁想到,这竟成了遗音——

"文联扩大会"上听到您的书面发言;
谁想到,这竟成了遗书——
去年十月您用抖战的手写来的短简;
谁想到您签名赠送的《诗词选》,
静静地插在架上,竟成了遗编!

您对"四人帮"鄙视的情态忆来宛然;
在党中央领导下,新的希望又闪现在脸前;
谁想到,您这么快地撒手离去,
把一生的功业作为遗爱永留在人间。

1978 年 6 月 13 日凌晨

我 的 祝 愿
——和"时光老人"的对话

去年除夕的夜间,
中央号召的宏声在耳中萦缠,
心跳像催阵的鼓点,
翻来覆去,身子在床上辗转。

想想舍我而去的一年,
想想更不平凡的明天,
自己应该怎样迈开大步,
在这新的长征的起点?

我正在作着美好的打算,
一位不速之客突然来到我的眼前,
他白发红颜,笑容满面,
说来对我作最好的祝愿。

他和气地对我说:你不要吃惊,
我们素不相识,但天天见面,
你该听说有位"时光老人",

人们这样把我呼唤。

一听说"时光老人"驾到,
我心里说不尽的喜欢,
我对他说:我正有事相求,
希望您答应,千万,千万!

我对他说:我已经七十四岁,
过去的岁月点点斑斑,
我请您砍去四十个年头,
使我回到三十几岁的壮年!

老人态度和蔼,侧起耳朵倾听我的发言,
一朵微笑挂在他的嘴边,
对于我的请求,从样子上看,
他确乎是有点为难。

他回答我说,你知道我的性格,
从来不回头向后看,
你知道我的任务,
永远不断地向前,向前!

我明白了,过去的不能倒转,
"时光老人"也没有回天的大权,
但如何是好呵,我年轻的心情
和年老的岁数老是在作战!

第一个请求没有实现,
我再提出第二个心愿:
让我亲眼看到"四个现代化"胜利完成的终点,
否则,就是死了,我也合不上双眼!

听到这里,"时光老人"发出了一声赞叹,
好似我真挚的情意把他感染,
他将了将飘飘的银须,
把雪白的头点了几点。

他说,你的心意值得同情,
你的志愿自自然然,
那么我答应你的请求,
让你至少再活二十二年!

你活着不能光是用眼睛看看就算完,
要倾注满腔热情,全身的力量,
在新的长征途程中,为"四个现代化"
添一片瓦,加一块砖。

他说,这次我没有空手来,作为新年的礼品,
赠你一支彩笔,一叠素笺,
希望你写上动人的新诗一万首,
美丽的散文一千篇。再见,再见!

1979年1月4日

临清,你这运河岸上的古城

——为《鲁西北革命回忆录》作

临清,你这运河岸上的古城,
像一只飞鸿,我曾在你身边留影,
留影也留声,我的几百篇诗歌
就在你这块土地上产生。

那时候,心头上压着块石头,
今天回忆起来还觉得沉重,
那时候,内忧外患一重又一重,
像运河的浊浪冲击人的心胸!

当时的临清守着个安静,
"大寺"的喧腾,高塔的投影①,
孩子的天真,"大仓"②的歌声,
给了我欣喜,给了我无限诗情。

---

① 大寺、宝塔,在临清颇有名。
② "大仓"是临清中学新校舍所在地。

临清,像一池春水,
革命烈火在地下运行,
一个又一个青年学生,
就是一粒一粒火种。

一声炮响,作了悲壮的别曲,
人别离了,牵着彼此系恋的感情。
有的参加了抗战的行列,
有的向圣地延安远征。

从此,各自天涯,万里鹏程,
从此,烽火遍地,无影无踪,
从此,年轻的身影在我心中憧憧,
从此,我胸怀里老装着个临清。

今天,暮年的我见到当年的同学,
从一闪的神情上去回忆年轻的面容,
一道姓名,似乎不相识,
从新名字上去追想当年的旧名。

今天,这些肩负重任的国家干部,
就是当年十六七岁的初中学生,
分散了,我们又团聚,
谈起往事,句句带着浓情。

临清,你这座鲁西北的名城,

战火最先烧身,化腐朽为新生。
临清,我向你欢呼,向你致敬,
你哺育了无数革命的精英。

1979 年 6 月 9 日于北京

赠摄影师同志

以艺术之手，
以艺术之心，
摄自然之貌，
摄自然之魂。

1979 年 7 月 14 日

参拜鉴真大师

青春时节,
东风送鉴真归来,
故国辞却,
屈指一千二百载。
扬州重到,
水上笛鸣,长衢车雷,
繁华何似当年?
欢喜怎禁情怀!
当初从此启碇,
扬帆渡大海,
五次乘风破浪,
五次风浪打回来!
定要佛法东去,
决心似铁,
生死置度外,
百折壮志终不衰!
堪比高僧玄奘,
远征异域,
万苦千辛,

取得梵经卷卷回。
艨艟满载友情，
盛唐文化亲移栽，
看招提寺里红莲花，
千秋万岁开不败！
大师智慧沉潜，
双目深埋，
也应感知，
慈航已经消百灾。
朝辉普照，
人人畅快，
中华净土，
成了极乐世界。
天安门前，
法源寺里，
和尚巍巍庄严相，
万众合十参拜。

1980 年 5 月

青　年

青年是宝藏，
青年是黄金。
宝藏要挖掘，
黄金要熔炼。

　　　　　　　1980 年 7 月

您 像……

大海呵,你有个宽广的胸膛,
吸引百川,浩浩荡荡,
你永远年轻,腾跃激昂,
我愿作条游鱼追逐在你身旁。

泰山呵,我爱你庄严雄伟的形象,
你头顶青天,立脚在深厚的土壤,
我愿作一块岩石,长在你身上,
经历春天的和煦,严冬的冰霜。

苍翠的劲松呵,你以八千岁为春秋,
皮像钢铁,枝干倔强,
风来不低头,雷击不弯腰,
我愿作一只小鸟站在你的高枝上歌唱。

亲爱的社会主义祖国呵,
您崇高像五岳,伟大像海洋,
您像苍松沐浴着春光,
您吸引着十亿同胞像磁石一样。

1981 年 3 月 20 日

春 到 庭 院

不要小看我小小庭院,
它容得下整个春天。
呢喃空中有燕子,
风筝响弓送到耳边。

翩翩白蝴蝶一双双,
飞入梨花丛中不见。
丁香海棠各据一角,
红红白白呈娇斗艳。

休向我夸说西湖春如海,
我到过杂花生树、群莺乱飞的江南。
我也曾徘徊在鸭绿江上,
无边春色和我作伴。

不要笑我已到暮年,
不能远足,步履维艰;
庭院虽小,可以微观,
它给我割来一方青天。

长江大河,泰山华山,
祖国壮丽山河
仿佛近在眼前,
我把你紧紧拥抱,拥抱在心间!

1981 年 4 月 10 日北京

书 到 眼 前

——痛悼茅盾先生

您生前最后出版的《锻炼》,
您去世后送到了我的眼前,
我用双手接了过来,
看了题记,我的心在抖颤[①]!

您在病床上和死神作战,
多少人间事填满心间,
送一本书也劳您记住,
感情的丝线紧紧牵连。

书在眼前,人离开了人间,
使我回忆起得识您的五十四年[②]。
您是文艺天地里的一柱高峰,

[①] 1981年4月17日上午茅盾先生的儿媳陈小曼同志送来茅盾先生的《锻炼》一册,扉页上题着:"克家同志惠存。这是先父生前嘱咐要送您的书,现由我们代为奉上。韦韬 陈小曼 1981年4月11日于北京。"
[②] 1927年1月,我考入武汉"中央军事政治学校",茅盾先生是我们的教官之一。恽代英、李达、施存统(复亮)诸同志都是教官。

自视却像培塿一般。

《子夜》即将再版的时候,
请您缀上几句前言,
"要写只有四个大字:自悔少作",
您在信上向我这样沥胆披肝。

您学贯中外,浩浩无边,
"灯下贪书,损伤了双眼"①,
您却谦逊地向我苦诉:
"一无所得,已到老年!"

您用自己的乳汁,
哺育了多少文艺青年,
但您从不以长者自居,
总把后辈当作朋友看。

记忆的丝越牵越长,
千言万语永远说不完,
有话我也不能再往纸上写了,
稿纸上泪水一点又一点……

1981 年 4 月 17 日下午

---

① "灯下贪书,损伤了双眼","追求博览,一无所得,及今既老,悔之无及","虚度年华",都是茅盾先生给我信上的原话。茅盾先生九年多来给我的信,已查到的有六十九封。

少年,伟大的党的后备军
——献给党诞生六十周年

少年——
像六七点钟的太阳,
红通通冒出山岗。

少年——
像万仞高山上的源泉,
哗哗流向海洋。

少年——
像一株株嫩绿的小树,
在春风里茁壮成长。

少年——
像小鹰初展新翅,
试着向高处翱翔。

少年——
像一只一只乳虎,

全身是劲,猛冲猛撞。

少年——
像刚磨好的刀刃,
发出闪闪亮光。

少年——
是人中的英秀,
未来的希望。

少年——
是伟大的党的后备军,
浩浩荡荡的雄厚力量!

少年——
是生活大道上的初来者,
前程万里,来日方长。

少年——
是祖国母体上
新鲜的血浆。

少年——
是朝气蓬勃的队伍,
需要大力培植的对象。

少年——
是社会主义革命接班人,
国家未来的坚强栋梁!

1981 年 7 月 1 日

胼胝的手掌
——赠郎平同志

我和你仅仅见过两面,
谈起来却像老朋友一样。
你的威名远扬天下,
一个二十一岁的姑娘。

家住北京,却不在家,
你以队为家,世界作战场。
十五岁开始苦练球艺,
身经百战,成为一员猛将。

你的志愿就是拼杀争取胜利,
火红的青春充满了战斗的力量!
一个队,就是一个活的整体,
球到你手,就休想逃脱死的下场。

你神态安详,体魄健壮,
谦逊温暖,亲切家常。

"觉得辛苦吗?"我这样向你发问,
你笑着向我伸出胼胝的手掌。

1981年8月9日

召 唤

一片云彩,
两地落雨点,
鸟儿一展翅,
就可以飞到对岸。

心和心早已搭好了桥梁,
一条海峡怎能把骨肉切断?
江河终于归到大海,
台湾,祖国在向你热情召唤!

1981 年 10 月 26 日

累累的果实

以自己的美丽
使人悦目的东西,
它会永远保持丰姿。

以自己的声音
使人耳聪的东西,
它永远不会消失。

以自己的思想
启发心灵的东西,
它永远被人牢记。

以自己的热情
燃烧过别人的东西,
它永远不会止熄。

春天来了,
一塘绿水
映出了姿态万千的花枝。

一九八一年过去了,
史册的页子上
挂满了累累的果实。

      1982 年 1 月

蝴　　蝶

儿童时代,庭院中有个花圃,
成了蝴蝶旅游的胜地,
我爱她形体的多样,色调的富丽,
轻柔的姿态,斑斓的彩衣。
看她翩翩起舞的飘带
使微风有了情致,
分尝她吻着花心
那滋味的甜蜜。
一双天真的小眼睛,
紧追她的踪迹,
一只轻轻的小手,
捏住了她的双翅,
从自由自在的天地,
把她关在一间斗室,
她拼力地扑打——
扑打窗子的玻璃,
碰落了满身的花粉,
翅膀成了光板透明体。

四十年代,我在山城重庆,
住在歌乐山一家农舍里,
后园种了几畦子四季豆,
花开时节,蝴蝶飞来像一片云霓。
花谢了,四季豆上搭下挂,
嫩豆上一条条青的虫子,
从此见了蝴蝶我就扑打,
蝴蝶好看,四季豆好吃。

三十几个年头过去了,
我的冤仇已经忘记,
春天降临人间,
微风送蝴蝶到我小小的院子,
我怀着儿时美好的心情,
欣赏她在丁香丛中忽落忽起,
像一队队缟素衣裳的舞蹈家,
为我表演轻盈美妙的舞姿。
看着眼前的景色,
追悔山中的旧事。
人生当然要讲求实用,
美的价值却不容忽视。

1982 年 4 月 29 日

寻寻觅觅（组诗）

　　小序：青岛，我的旧游地。1929—1934 年间，我在这里读书、学习，窒息悲愤，日夜苦吟，结识了许多文艺界的良师友朋，开始走上文艺创作的途程。今日重来，寻觅当年陈迹，感慨万端；心境开朗，碧海青天。

"一多楼"

　　在亲人扶持下，
　　我登上这座楼房，
　　一步一步走向过去，
　　走过了半个世纪的时光。

　　站在这个房间里，
　　我重温一个美梦：
　　手握草创的诗稿，
　　来这儿请教的心情。

　　主人已经不在了，
　　以他命名的小楼永世闻名。

老舍先生的"金口二路"

红色板门开向朝阳,
草坪绿成一个长方,
一进楼门剑戟闪光,
般般武器挂满东墙①。

登上二楼,西向开窗,
面对大海,目送夕阳。
我常来这儿作客,
新诗初试,受到赞扬。

《避暑录话》,众友成行②,
文坛边角占一席地方。
今日重来,故人何处?
认不清旧日小楼的新模样。

王统照先生的"观海二路"

独立小庭院,
漫草凌乱,
背起大海,
我向小楼高处看。

---

① 老舍先生每早练武锻炼身体。
② 参见第 444 页注①。

右边这两间小客房,
当年会聚过多少时彦,
《全唐诗》一匣,绿字标签,
我在这儿享受过家乡风味的午餐。

门铃一按,老头儿急传,
好客的主人,
顺着陡直的扶手
一溜而下,身轻如燕。

而今,扶手已经衰残,
小心攀着它,登上危楼,
我走过每个房间,
一一去印证当年。

伯箫的"山屋"

"山屋",
老友的故居,
坐落山坡上,
幽僻而奇突。

板门北向,
脚步踏出一条小路,
他在这儿写作,

他在这儿读书。

"山屋"里充满泥土气味,
小灯照我们对坐喁语。
大海在耳边呼啸,
我们的心胸窒息痛苦。

今日我重来旧地,
找不到当年的"山屋",
为了一片高楼的诞生,
它不惜粉身碎骨。

莱芜一路"无窗室"

石头楼上我睡不着觉,
跑到这儿来和一个小工友抵足而眠。
好心的主人有点儿奇怪,
她哪知道我欲裂的心肝!

一只黑手掐杀了世界,
"无窗室"成了我的"桃源"。
今天,楼上楼下我向新住户询问旧事,
如同隔世,一片茫然。

苦尽甜来,日新月异,
没有空过呵,这五十三年!

1982 年 7 月

海滨觅小诗(组诗)

青岛,这海滨胜地,解放前我在这儿读大学,悲愤苦吟诗。解放后四次重游,情怀欢畅,觅得数首小诗。

猜

一夜醒来,
帘幕掀开,
看到的是云山雾罩,
看不到我心中的大海。

青岛,我的老相识,
别离已经十八载,
有意叫云雾作薄纱,
崭新的模样让我猜。

夏的踪影

我来青岛度夏,
找不到夏的踪影。

坐在高楼上,
三面来风。
走在林荫道上,
绿色溶溶。
寻夏到山间,
流水淙淙。
午间,
漫步海水浴场:
日光射人,
白沙烫人,
碧涛诱人,
万众投身大海中。
呵,在这儿
我望见了夏天的身影。

动

风在吹动,
浪在波动,
众手在划动,
万头在摆动,
舢板儿在走动,
彩旗儿在飘动,
小汽艇在飞动,
大轮船在鸣动,
大海在跃动,

整个生命在激动。

小 英 雄

一个小孩子,
迎着大海风。
浪潮打来,
岿然不动!

妈妈在背后
盯着他,
他面对大海,
像个小英雄。

1982 年 8 月

您　　是

——欢呼党的"十二大"

您是泰山的顶峰,
崇高又坚硬;
您是冲过三峡的长江,
汹涌奔腾,
一想到您六十一年的形象,
耳边呼啸起骤雨狂风!
您是一把熊熊烈火,
把腐朽的东西烧它个干净;
您是聚光的明镜,
把人民的希望集中;
您在创造崭新的历史,
把优秀的传统继承。
万众向您欢呼致敬,
您胸怀恢廓,不自居功,
您脚根扎在大地上,
您的威名凌上高空。
时代风云滚滚,
您是云中一条人龙;

恶虎当前,您胆气壮,
握紧铁拳,永不放松。
您是劈开阴暗的闪电,
您是惊起蛰伏的雷鸣,
您是智慧的大海,
您是高悬的天灯。
您是人民的战士——
威力无穷!
您英气勃勃,
永远前进,永远年轻!

       1982 年 9 月 9 日

撤 火

撤火了,
送走冬天。
臃肿的棉袄,
摔在一边。
玻璃窗子,
通通打开,
花香春光,
扑鼻钻眼。
炉子,
不是一块顽铁,
他对我,
有故人的情感。
严冬读书,
直到夜半,
他以他的体温,
把我温暖。
当我失眠,
孤苦辗转,
微火伴我,

像含情的眼。
炉子撤走了，
有点儿情牵；
时钟敲在心上——
又是一年！

      1983年4月

过路的客人

一只美丽的候鸟,
像一位过路的客人,
来到我庭院的树丛,
落到了儿童的掌心。

漂亮竹笼做了她的家,
水碗食碗,待如上宾。
小主人时时来探望她,
满以为她会感到温馨。

谁知道她并不安于室,
声声带血,一劲地悲吟,
是在怀念她的伴侣?
是在渴望无边的绿林?

不停息地上下跳窜,
她要冲破这铁的囚门!
扑腾了一宿,她僵死了,
小小嘴角上带着血痕。

1983 年 6 月 5 日

蜜　　蜂

我的庭院像个小花园，
蜜蜂争着来花心钻探，
片刻不停，从这朵飞到那朵，
嗡嗡地唱出心里的快乐。

夏日的骄阳烧起一把火，
队里的一员在地上坠落，
小小体躯一劲地旋转，
它在忍受痛苦的折磨！

望着伙伴们在勤奋劳动，
头顶的天空无限辽阔；
自己辛苦采集的花粉，
一点一点随风散落。

我用一片绿叶作船，
把它过渡到阴凉角落，
它拼力挣扎又回到原处，
我的心和它同样难过！

它是想磨亮脑中的磁针①,
奋力飞回集体的老窝?
它是想找个同伴带回个音信:
"我死在远处,没有完成工作!"

1984 年 4 月 27 日

---

① 报载,蜜蜂头中有条小小磁针,可以定向,这磁针在太阳底下更加明亮。

蜻　　蜓

浓云在天空布阵，
人心像闷雷不响，
蜻蜓试作天气预报，
成群结队高高飞翔。

一阵暴雨降下了凉爽，
水珠擎在绿色的叶上，
头顶低飞着欢乐的一群，
成了儿童们追逐的对象。

有的用长竿扑打，
有的挥动着线网，
可爱的金色天使，
一个个遍体鳞伤。

有一个在密叶深处停息，
它已经耗尽了全身的力量，
孩子们的眼光尖得像麦芒，
我用身子给它作屏障。

一个惊心的场景出现在眼前：
一只小手捏着十只透明的翅膀，
它们好似在拼命地呼喊，
向我投出了求救的目光。

我摇晃着糖块，发出诱惑的光亮，
小孩的小手儿突然一放，
我紧紧缩小了一颗心，
逐着金翅飞到了天上！

1984 年 4 月 27 日

长　城（二首）

一

你是一条万里宝带，
束在中华大地的腰肢，
猛然你把身子竖立，
成为巍巍登天的天梯！

你把一个又一个山头，
紧紧地连结在一起；
你是鼓舞奋发的宏图，
装在亿万人民的心里。

二

你是一个雄心的外延，
你是辉煌历史的见证，
人的创造力胜过鬼斧神工，
试问，人间何事是不可能？

你威严而崇高的形象，
使仰望的人们感到压力；
在航天人员俯视的眼中，
你像一条掣不断的柔丝。

山岩是你躯体的骨骼，
雄关是你炯炯的双眼，
你用身子作一道屏障，
阻住北边吹来的风寒。

你是世界文化的曙光，
你是中华民族智力的结晶，
长城，一个伟大神奇的存在，
一个万古不朽的精灵！

1984年6月

深情动人心

洛杉矶奥运会消息:一位老华侨说:"我花了一百美元买了一张票子,百分之二十五看体育运动,百分之七十五看国旗。"闻之大有感,即兴赋此诗。

三句话,
动人心。
字少心意重,
诚挚含蕴深。
它像有力的诗句,
把人抓得紧紧!
它使我想起
《洗衣歌》①里的主人:
孤灯之下
流着思乡泪,
污辱的浊水
泼人一身。

---

① 《洗衣歌》是闻一多的著名诗篇,写华侨受难,充满爱国主义热情。

《三个老华工》[①]

也向我默默出神：

脸上的皱纹

钢丝一条条，

风霜把他们

雕刻成石像三尊！

他们是

受苦受难的侨胞，

他们是

伟大炎黄的子孙！

我们祖国，

姓有百家，

共性却只有一个：

"中国人"。

几十年来

说着外国语，

却永记母舌

那亲切的声音；

置身异国的疆域，

忘不了根土的深恩，

越地的鸟儿

筑巢南枝，

人人胸中

都有颗赤子之心！

[①] 《三个老华工》是司徒乔为华侨作的素描，很有名。

近百年史上,一行行,
写着中国人民的遭受:
耻辱、血泪和酸辛!
多少英雄
为之流血,
多少烈士
为之献身!
终于,革命激流
冲垮了重重障碍,
终于,改换了天地,
扭转了乾坤!
看! 一竿红旗
立地顶天,
看! 中国人民头上
升起了红日一轮。
看! 新生一代
生龙活虎,
冲锋陷阵,
何等精神!
一块块金牌,
一声声欢呼,
中华大地上
活跃着生机勃勃的青春!

　　　　　　　　1984 年 8 月 2 日

春　寻

　　日前,寄老友碧野信中有:"我不寻春,春寻我来了。"得复函云:极爱此二句,嘱我书出寄去,以为永念。赋此八行,以寄感兴。

这一家,
邀去洛阳看牡丹,
另一处,
请上黄鹤楼赏花发莺飞天。

犹有青年时代情怀,
身子已经不是当年;
无力寻春到天涯,
春寻我到小小庭院。

1985 年 5 月 3 日

生命试卷的鉴定
——向老山抗越前线战士们致敬!

我没有到过南疆,
我熟悉老山的大名,
我们没有见过面,
却有亲人一样的感情。
聆听了"汇报团"的汇报,
句句入耳,字字心动!
隔山隔水,千里万里,
我看到了你们一个个身影,
像一座座挺拔的山峰,
像血肉筑成的长城。
有你们作屏障,
挡住了北向的飓风。
在这隆冬腊月,
家家守着一炉火红,
怎能不感到
猫耳洞里的冰冷?
在佳节来临的日子,
千家万户的欢笑声中,

怎能掩得住耳际大炮的轰鸣?
为了山河的完整,
为了人民的安宁,
为了建设大业的顺利进行,
为了对祖国的无限忠诚,
你们日日夜夜,
春夏秋冬,
在奋战,在冲锋!
在流血,在牺牲!
你们坚强的行动,
你们高尚的心灵,
给寻求生命意义的试卷,
一个满分的鉴定。
人活着,不是为了
捞金钱,图享受,
争地位,夺功名;
人活着,要有个广阔的心胸,
装着金色的思想,
装着亿万父老弟兄,
装着大河滔滔,五岳葱葱,
装着整个世界,人类未来的美景。
你们不是哲学家,
也不是写诗成名,
实践比空谈更加动人;
厮杀呐喊,
使那些浅唱低吟哑然失声。

你们心地坦坦荡荡,
境界像秋水澄澈。
有的在人生长途上刚刚迈出第一步,
起点却成了终点,
太遗憾呵,太匆匆,
过早地就用血浆把结论写成。
这支生命之歌呵——
叫人心疼,
叫人深省,
叫人肃然起敬!
你们有所向无敌的坚强斗志,
你们把责任感看得这般神圣,
你们视死如归的伟大气概,
你们对亲人和战友的海样深情,
像暖人的一股热流,
像一阵强劲的风,
发出亲切而又有力的呼唤,
掀动着每个中国人的心胸!

1985 年 12 月 5 日

附记:北京朗诵艺术团团长殷之光同志,1986 年春节参加北京慰问团将去老山前线,嘱我写首诗带去,我有此宿愿,欣然命笔,急就成章。他归来后,兴奋地向我谈了在猫耳洞朗诵这首诗的热烈动人场面;并捧给我一盆战士赠送的老山兰。不久,我接到抗越前线战士们的来信,并附来了转载这首诗的战地诗报。同时,一位团政委同志也来了一封感谢信,我心里极为感动,又感到很欣慰。

1990 年 9 月 12 日

诗神问答

诗神,你安身
在什么地方?
我在黄河的大浪上,
我在泰山的顶峰上,
我在春风的翅膀上,
我在秋月的光缕上。
我在低昂的音符里,
我在缤纷的花丛里,
我在孩子的笑声里,
我在情人的眼波里。
我飘忽的行踪,
御着灵风。

1986 年 10 月 3 日

诗　　碑

小序：今年初夏，旅游泰安，于泰山脚下，拜谒了冯玉祥先生墓，瞻仰了他普照寺故居，因有诗缘，情感牵连。故居庭院，诗碑数十，竖立百花丛中，所咏均是劳苦人民悲惨生活，朗朗乾坤中，旧社会罪恶现形于眼前，吟诵未已，心痛而泪下。

泰山脚下，
一口大坟，
埋着一位将军，
埋着一个诗人。

他把手一挥，
末代皇帝溜出了宫门；
生平酷爱诗歌，
专为穷人苦吟。

坟前旷阔，
像主人的胸襟；

故居庭院里,
花木成行,诗碑如林。

碑上的诗花,
朵朵带着血痕,
石头冷冰冰,
滚烫一颗心!

1986 年 10 月 14 日

风筝的天空

　　清明前后,将在山东潍县举行全世界风筝大赛,邀我前往观赏。人未动身,而诗先成矣。

　　在苏东坡北俯的潍水上,
　　春风把风筝托上了高空,
　　看鱼龙,看留海,看蝴蝶,看花灯,
　　绿的飘带,红的长虹,
　　自由飞翔,和平竞争,
　　看谁飞得更高,看谁佳兴更浓。
　　风筝,一个个比翼天空,
　　地上的眼睛像元宵的灯,
　　头颅高昂,八面春风,
　　听风筝的响弓铮铮,
　　听全世界欢笑的心声。
　　眼前景,心中情,
　　海样深,酒样浓,
　　念岁月之悠悠,
　　觉宇宙之无穷。
　　人生——

这么高尚,这么美妙,这么和谐,

这样充满了画意诗情。

风筝——

把老翁变成了儿童,

一条长长的线,

把人们引入了纯真的至境。

竞赛而不嫉妒,

和和乐乐,高高兴兴,

自己好似扎上了翅膀,

飞上了天空。

风筝,是和平的使者,

在天上声声宣称:

我们要安宁!我们要和平!

争夺霸权的野心家,

不许霸占大自然杳溟!

不准战争贩子放出杀人武器,

刹那间,历史文明,五十亿生命,

化为无有,地球上,冷灰一堆,

寸草不生!

我们要看——

飞禽走兽,各安其生,

各逞其性,各显其能;

我们欣赏——

鱼跃于渊,鹰击长空。

我们要,人人活着,生趣盎然,

像春天的和风,

我们要,活得自由自在,
像天上的风筝。
天上的风筝,替人类
守卫着天空,
"星球大战"的图纸,撕它个粉碎,
付诸丙丁!
天空,是共有的财富,
是嫦娥起舞的仙宫,
是牛郎织女幽会的玉宇,
是风筝游戏的穹隆。

       1987 年 1 月 15 日

贺艾青同志八十寿辰

八十是少年，
九十是青年，
百岁是中年，
一百五十是老年。
我们并肩前进，
登上生命之巅。
——艾青老诗友康健永年。

1989 年 3 月 25 日

另是一重天

近日,各地水灾的情况牵动我心,日夜不安。"共有的家园——首都演艺界人士赈灾义演"的组织者约我写诗,彻夜不眠,赶成此篇,以抒我情。

多少个白天,多少个夜晚,
你的心,我的心,他的心,
全国人民的心——
一齐随江湖的水位升降,旋转。
呵,滔滔洪水,百年少见!
它像一条毒龙,气势汹汹,
张开贪婪的大口,吞噬大片良田,
把亿万人民推到了生死的边缘!
在这紧急关头,一声呼喊:
一处有难,八方支援!
于是,抗灾大军,纷纷奔向前线,
死守着大堤,像铁打的长城一般!
于是,救援的物资和大量金钱,
像一条情感的暖流,从国内,
从国外汇聚成一团。

总书记和总理到帐篷里去,
同灾民交谈,嘘寒问暖。
人民子弟兵冲锋在前,
像当年为人民的解放英勇奋战!
没听见逃荒的难民流离失所,
却看到了四面汪洋的屋顶上呱呱坠地的婴儿,
在解放军叔叔的怀抱中安然入眠。
上上下下,全国一条心,
不信有什么不被征服的困难!
眼前的水灾,使我想起抗战时期
花园口决堤情景的悲惨,
它没有阻挡住侵略者,
却使广大的黄土地变成黄汤一片!
当时,我正在安徽阜阳县,
坐在城头上探腿洗脚,
高高的屋脊像鱼群掠船而过。
陆地成了龙宫,多少条生命归了黄泉!
远处水落的地方,
死里逃生的人,在树上架木为巢,
人类文化,一下子倒退了五千年!
秋天快到了,
没衣服,凭什么御寒?
黄泥巴也不能团成白米饭。
上天降灾,大地茫茫,请问有谁管?!
看看现在,想想五十年前,
同样的大水,同样的灾难,

请比一比,请看一看,
社会主义的旗帜之上,另是一重天。

> 1991年7月31日

我

我，
一团火。
灼人，
也将自焚。

1992 年

——我是个执著人生、热爱祖国与人民的人。有志向，富热情，易激动，爱朋友。由此，日夜燃烧，受大苦，得大乐。我有个习惯，好用短句，随时记下个人深切的感受。前年，为给自己的精神写照，记录下这样两个句子："我是一团火，灼人将自焚。"去年，经过深思锤炼，成为十字四行的短小的诗。近来，我多写旧体诗，没写新诗了。近日，在给屠岸同志的信中，兴来将它插入，我原来没有发表的想法。

1993 年 10 月